LE TRIANGLE DE LA MORT

SUPER LUXE FLEUVE NOIR

LENDEMAINS RETROUVES

JIMMY GUIEU

LE TRIANGLE
DE LA MORT

SCIENCE-FICTION

EDITIONS FLEUVE NOIR
69, boulevard Saint-Marcel - PARIS-XIIIe

© 1970 EDITIONS « FLEUVE NOIR », PARIS.

Reproduction et traduction, même partielles, interdites. Tous droits réservés pour tous pays, y compris l'U.R.S.S. et les pays scandinaves.

ISBN 2-265-005126

CHAPITRE PREMIER

Au volant de sa DS, Gilles Novak eut quelque difficulté à trouver une place au parking situé à la sortie est de Ventabren, charmant petit village à treize kilomètres d'Aix-en-Provence. La longue file de voitures garées en bordure de la route de Marseille lui avait fait craindre un instant qu'il devrait se ranger bon dernier au bout de cet interminable alignement de véhicules, mais la chance était avec lui. En effet, une voiture de reportage de la télévision venait de « déboîter » de la file et s'éloignait. Il se hâta d'occuper la place laissée libre.

Remontant le col de son pardessus, il huma à pleins poumons l'air frais de ce village haut perché en savourant l'odeur des pins et du romarin qui contrastait agréablement avec l'habituelle puanteur des gaz de combustion de la capitale.

Avant de dépasser le petit bâtiment de la poste, il laissa errer son regard sur ce paisible paysage de Provence, sur ces collines environnantes qu'il imaginait, l'été, toutes bruissantes du chant des cigales.

Gilles s'attarda un instant à contempler les lumières d'Eguilles, trouant la nuit à moins de dix kilomètres, puis il pressa le pas, après avoir suivi des yeux les feux clignotants d'un avion qui, dans le ciel criblé d'étoiles, regagnait l'aéroport de Marignane.

En empruntant la rue grimpante qui conduisait à l'auberge de *La Commanderie*, le journaliste leva les yeux sur le pont-levis, jeté sur la rue pour relier l'auberge médiévale à son jardin où, face à une grande volière, glougloutait une fontaine en pierre de Rognes. Ce pont-levis, les ruines blanches du château de la reine Jeanne dominant la crête rocheuse, ces ruelles, ces petits magasins au charme désuet, donnaient à Ventabren l'aspect d'un village de crèche ou d'un bourg hors du temps.

Au rez-de-chaussée, sous le pont-levis, se trouvait l'entrée de l'estaminet de *La Commanderie* et, à droite, la galerie d'exposition où avait lieu le vernissage des œuvres du peintre Charles Floutard. Car Ventabren se piquait — avec juste raison, d'ailleurs — d'avoir séduit nombre d'artistes, d'écrivains, de sculpteurs, sans compter les modélistes et les divers métiers d'art qui fleurissaient dans la commune.

Le journaliste poussa la porte vitrée et se mêla à la foule qui s'entassait dans le salon et l'arrière-salle de l'estaminet.

Très brun, les yeux noirs, d'une forte carrure et doté d'un certain embonpoint (d'un embonpoint certain, disaient les mauvaises langues), le peintre Floutard, un verre à la main, conversait avec ses hôtes, mitraillé par les flashes des photographes. Une assistance élégante et choisie se pressait autour des toiles de l'artiste, l'un des meilleurs portraitistes d'Europe dont le graphisme, le modelé, les coloris atteignaient à la perfection. Fréquemment, une touche de surréalisme imprégnait ses œuvres, telle l'étrange *Demoiselle de légende*, grand tableau représentant une jeune fille blonde au regard un peu mélancolique, drapée d'un voilage arachnéen, et derrière laquelle s'étendait un paysage désolé, aux arbres tourmentés.

Apercevant le nouveau venu, le peintre afficha soudain un large sourire, s'excusa auprès de ses interlocuteurs et traversa l'assistance pour aller l'accueillir.

— Mon vieux Gilles ! Ça alors, je ne m'attendais pas à te voir avant demain. Et à Marseille encore, mais pas ici.

Gilles Novak échangea une solide poignée de main avec son ami, heureux de le retrouver, d'entendre son accent méridional et de le féliciter pour cette brillante exposition.

— Je n'aurais pas été digne de ton amitié si je n'avais point avancé mon voyage de vingt-quatre heures pour assister à ton vernissage, plaisanta-t-il, la main sur le cœur, avec grandiloquence.

— Ça, c'est bougrement chic ! Tu dînes avec moi, naturellement. J'ai réuni quelques amis ; nous parlerons de l'insolite. C'est ta spécialité, et, moi, c'est ma marotte !

Avisant dans la foule un homme distingué qui s'entretenait avec les reporters, l'artiste ajouta, jovial :

— Té ! viens que je te présente notre hôte, Maistre Maurice, l'érudit propriétaire de *La Commanderie*.

Poignée de main, congratulations, et le maître de céans les entraîna vers le bar pour leur offrir un excellent bourbon Old Crow tandis que Charles Floutard enchaînait à l'adresse du journaliste :

— Erudit, Maistre Maurice l'est en effet, car c'est un passionné de l'Ordre du Temple et des énigmes du passé. Au reste, le seul fait d'avoir baptisé *La Commanderie* son auberge de style médiéval prouve son attachement à la chevalerie en général et aux templiers en particulier.

Et d'ajouter, à l'intention de leur hôte :

— Ce soir, tu dînes avec nous, n'est-ce pas, Maurice ? Je suis sûr que toi et Gilles allez sympathiser, puisque vous avez en commun la passion de l'étrange et de l'insolite.

— Avec plaisir, Charles, accepta-t-il en souriant. Et je parie que tu ne rateras pas l'occasion d'exposer à ton ami Novak l'orientation toujours plus poussée de ta peinture vers le surréalisme.

Enchanté à l'idée de pouvoir enfourcher son dada favori, Charles Floutard se frotta vigoureusement les mains.

— Pardi ! J'ai, d'ailleurs, un tas de projets à lui confier pour...

— Gilles ! Toi ici ?

Les trois hommes se retournèrent et l'interpellé marqua un instant de surprise en reconnaissant sa collègue Régine Véran, un Contaflex à objectif grand-angulaire suspendu à son épaule. La jeune femme était tout à fait ravissante dans sa minirobe de cuir noir, au bustier constellé de petites plaquettes argentées, et

chaussée de cuissardes qui soulignaient le
galbe irréprochable de ses jambes.

— Régine ! Je suis aussi surpris que toi de
te trouver à Ventabren !

Ayant fait les présentations, il questionna,
par taquinerie :

— M'aurais-tu « espionné » et suivi jusqu'ici ?

La jeune femme haussa les épaules en
riant.

— Simple coïncidence, Gilles. Je suis venue
faire un reportage sur une créatrice de mode
installée à Ventabren et dont les derniers modèles « dans le vent » ont été présentés, hier
soir, à *La Commanderie*. Pas mal, hein ? fit-elle
en esquissant une pirouette avant de prendre
une pose très mannequin haute couture.

— Compliments, apprécia-t-il. Tu es délicieuse, dans cette robe de Gilberte Jassogne,
en agneau sauvage et parement de maillechort.

La journaliste le dévisagea, incrédule.

— Tu t'y connais donc en haute couture ?

Gilles éclata de rire et, du menton, désigna
une affichette, apposée contre le mur aux
pierres apparentes de l'estaminet : *Gilberte
Jassogne. Présentation de modèles cuir et métal*, La Commanderie, *10 décembre 1969*.

Vexée, Régine Véran fit mine de tourner
les talons, mais le peintre la retint en arborant son jovial sourire.

— Les amies de Gilles sont mes amies,
mademoiselle Véran. Faites-moi donc l'honneur... et l'amitié de dîner ce soir avec nous.

— Pour que mon « ami » Gilles s'imagine
que je veux l'espionner ?

— Ne sois pas ridicule, Régine, intervint-il. Tu sais bien que je plaisantais.

— Tu parles ! Comme aux Saintes-Maries-de-la-Mer, sans doute, où tu as été tenté de te défiler pour me priver d'un reportage sensationnel (1) !

— Hormis les toiles de mon ami Floutard, je ne vois rien ici de sensationnel en perspective, plaisanta-t-il. Mais tu aurais tort de nous priver du plaisir de ta présence.

— Soit, si tu es sûr qu'il n'y a rien de sensationnel en perspective, j'accepte, concéda-t-elle.

Une affirmation que les événements de la soirée allaient bientôt démentir, mais, à cette heure, nul ne pouvait voir dans ces paroles autre chose qu'une boutade.

Tout près d'eux, dans l'estaminet au plafond voûté, aux murs ornés d'instruments de torture du Moyen Age, deux couples d'Américains bavardaient à haute voix, ponctuant leurs discussions d'éclats de rire sonores. L'un des deux hommes se leva, s'approcha du peintre en souriant et déposa son verre de Cutty Sark sur le comptoir formé d'une énorme poutre de bois noir mal équarri.

— *Mister Flioutardd', your...* peintures *are wonderful...* Je veux dire très, très jolies. *May I buy two of them at once ?*

Et de sortir un carnet de traveller's cheques et son stylo, geste que, à défaut d'entendre l'an-

_____

(1) *Lire* Le retour des dieux, *même auteur, collection « Anticipation ».*

glais, Charles Floutard comprit parfaitement !

Sur le point de se frotter les mains, l'artiste se ravisa *in extremis*, rectifia négligemment son nœud de cravate et accepta d'aller boire un verre avec ces deux couples sympathiques... et fortunés, non sans s'être préalablement excusé auprès de ses amis.

Restée seule avec Gilles Novak, Régine Véran s'exclama, à brûle-pourpoint :

— Qu'est-ce qu'on m'a dit à Paris ? Tu « montes » un magazine à toi tout seul, comme un grand ? Ce n'est pas une blague ?

— Ce n'en est pas une. Je viens de créer *LEM*, c'est-à-dire : *L'Étrange et le Mystérieux dans le monde...* — points de suspension — *et ailleurs*.

Elle répéta lentement, pesant et jaugeant chaque terme.

— *LEM, l'Étrange et le Mystérieux dans le monde et ailleurs*. C'est un bon titre pour une revue documentaire non orthodoxe. Tu dois avoir réuni une équipe de choc ?

— Robert Charroux, Jean Sendy, Richard-Bessière, Maurice Limat, Serge Hutin, Claude Seignolle, Marc Thirouin, bien d'autres encore parmi les meilleurs spécialistes de l'étrange et du fantastique. L'équipe n'est d'ailleurs pas encore au complet. Et toi, Régine ? Tu es libre ?

Avec une mimique espiègle, elle passa son bras sous le sien et confia :

— Libre comme l'air, mon chou.

Le rédacteur en chef de *LEM* toussota et crut devoir préciser :

— Je parlais seulement sur le plan professionnel, Régine.

Elle retira son bras et fit la moue.

— Ah ! bon ! Je... Oui. Je suis toujours *free lance reporter* et je case mes papiers à diverses agences de presse. Pourquoi ?

— Parce que je pourrais te confier la rubrique de *La femme et l'insolite*, dans *LEM*, si cette proposition t'intéresse, bien entendu.

La jeune femme repassa tout aussitôt son bras sous celui du journaliste.

— Tu es quand même un chou, Gilles, et cette proposition — même si ce n'est pas exactement celle à laquelle je m'attendais, fit-elle d'un air dégagé — m'intéresse vivement. Je commence quand ?

— Hier, rit-il. Fais-moi un papier sur les modèles futuristes de Gilberte Jassogne. Je publierai ça dans le second numéro de *LEM*.

— Pourquoi pas dans le premier ? Il est déjà « bouclé » ?

— Il sort dans deux semaines, et nous fêterons sa parution à bord du *Renaissance*, au cours de la *croisière de l'étrange* que nous avons organisée.

Les yeux de la jeune femme firent tilt.

— Une croisière de l'étrange ?

— Aux îles Canaries, aux Bahamas, au Pérou et en divers coin de l'Amérique latine où, en car ou en avion, entre deux escales nous visiterons les hauts lieux de l'étrange : la plaine de Nazca et son cosmodrome de l'antiquité, la *Puerta del Sol*, à Tiahuanaco, en Bolivie, avec son calendrier vénusien ; nous verrons aussi, à Cochabamba, les « pierres pétries » des Incas et autres étrangetés qui défient la sagacité de la science officielle.

Régine Véran exhala un long soupir, rêveuse.

— Les Bahamas, les Incas du Pérou, Tiahuanaco ! Quelle chance tu as !

Abandonnant ses acheteurs américains qui empruntaient l'escalier de bois pour aller dîner dans la grande salle du premier étage, le peintre revint auprès de Gilles Novak et sourit en entendant les derniers mots prononcés par la journaliste.

— Tu as de la chance, en effet, fit-il en constatant que la jeune femme, son bras sous celui de Gilles Novak, semblait le couver du regard.

— Ne te méprends pas, Charles. Régine parlait simplement de notre croisière.

Régine Véran considéra le peintre avec étonnement.

— Parce que... Vous aussi, vous allez faire cette merveilleuse croisière ?

— Mais... oui, mademoiselle. Gilles est un type épatant, vous savez ? Il a organisé une exposition de mes toiles, à bord du *Renaissance*, et, comme la compagnie lui a octroyé plusieurs cabines pour ses invités personnels, il a eu la gentillesse de m'inviter.

— Ben voyons ! rumina-t-elle avec un sourire crispé.

Floutard releva un sourcil, un peu surpris par ce ton acerbe.

— Je dois aussi donner des conférences, comme Gilles, d'ailleurs, durant la croisière. Il parlera des faits « maudits », des phénomènes de hantises, des sites mystérieux dans le monde et moi, plus modestement, je parlerai de l'art, de la peinture. Ce sera là mon humble contribution à cette croisière.

Régine leva vers Gilles un regard comiquement implorant.

— Tu n'aurais pas besoin de mon « humble » contribution, dis ?

— Pourquoi ? Tu as des talents de société ? Au dernier gala de la presse, tu as chanté... et les gens ont failli s'étouffer de rire !

— Mufle ! explosa-t-elle. Goujat ! Tu...

Elle s'interrompit et sa mine furibonde fit place à un radieux sourire. Elle planta là les deux hommes et, dans l'escalier proche, courut à la suite d'une jeune femme blonde avec laquelle elle se mit à parler avec animation.

Le peintre offrit une cigarette à son ami et reprocha :

— Tu n'es pas très galant avec ta petite camarade.

— Régine n'est pas ma « petite camarade » si, par là, tu entends ma petite amie. C'est une copine, une très bonne copine même, mais pas plus. Et si nous nous disputons souvent, c'est que nous nous aimons bien, tu peux me croire. Nous avons été, à diverses reprises, mêlés à des événements, à des situations dramatiques, périlleuses (1), qui nous autorisent ces échanges de pointes, ces taquineries, sans porter atteinte à notre amitié. Non, sourit-il, Régine et moi, cela ne collerait

_____

(1) *Lire* La terreur invisible, *même auteur,* collection « Anticipation ».

pas. Nous sommes trop indépendants l'un et l'autre, mais c'est quand même une fille formidable, gaie, spirituelle, maligne comme un singe et qui n'a pas froid aux yeux, j'ai pu l'apprécier maintes fois. Intelligente, cultivée, jolie...

— *Très* et même mieux, rectifia le peintre, elle est belle.

— Tiens, nous parlions justement de toi, fit Gilles en voyant la jeune femme revenir vers eux. Mais... Tu es toute pâle ! Tu ne te sens pas bien ? s'alarma-t-il.

Régine Véran, de fait, était blanche comme neige. Elle porta sa main à sa poitrine, comme pour comprimer les battements de son cœur et prit d'autorité le verre de bourbon de son ami, but une longue gorgée et lui rendit le verre.

— Eh bien, mademoiselle Véran, qu'avez-vous ? questionna Floutard à son tour, inquiet.

Elle essaya de sourire au peintre, mais cela manquait de conviction.

— Monsieur Floutard, cet Américain, qui vous a acheté deux tableaux, le connaissez-vous depuis longtemps ?

Surpris par la question, il répondit :

— Depuis deux heures, c'est-à-dire depuis l'ouverture du vernissage. Mais c'est de vous qu'il s'agit, vous paraissez... bouleversée.

Elle hésita et confia à contrecœur :

— Vous allez me prendre pour une folle, tous les deux, mais ce... cet homme, l'Américain, je l'ai croisé dans l'escalier, il y a une minute. Il sortait des lavabos et... regagnait la salle de restaurant.

Devant son silence, son air effaré, Gilles insista :

— Bon. Alors, que s'est-il passé ?

— Quand nous nous sommes croisés, je... Ecoute, Gilles, je t'assure que je n'ai pas rêvé et, tu l'as vu, je n'ai bu qu'un verre, plus une gorgée dans le tien.

— Oui, et alors ? Si tu venais au fait, Régine ?

— Voilà, quand cet homme m'a croisée, pendant une seconde, deux peut-être, je... *je l'ai vu devenir partiellement transparent !*

Le peintre et le journaliste échangèrent un coup d'œil, peu convaincus. Devant leur scepticisme, la jeune femme soupira :

— Je sais, cela a tout l'air d'être une histoire de fou, mais je t'assure, Gilles, qu'il ne s'agissait pas d'une... illusion d'optique ni d'une hallucination.

Elle posa sa main sur le bras du peintre.

— Vous me croyez, *vous*, n'est-ce pas ?

Sensible à la beauté de cette jeune femme et peu désireux de la contrarier, il s'empressa de la rassurer :

— Mais, bien sûr, Régine ! Bien sûr, je vous crois.

Un discret clin d'œil à son ami, et il ajouta hypocritement :

— Il y a tellement de choses étranges, de par le monde...

— Mouais, rumina le journaliste, dubitatif.

— C'est bien ce que je craignais, tu ne me crois pas !

— Mais si, mais si. Cependant, tu admettras qu'une telle... révélation puisse me laisser perplexe, non ?

Floutard fit diversion pour apaiser la discussion qu'il sentait sur le point de se rallumer.

— Encore une petit scotch avant de monter dîner ?

— Soit, concéda la jeune femme, parlons d'autre chose. Oh ! J'ai une idée, Gilles, que dirais-tu d'un ballet ?

Bien qu'habitué à voir sa collègue sauter allègrement du coq à l'âne, il se demanda quel sens il pouvait attribuer à ce mot.

— Tu veux faire le ménage ?

— Idiot ! J'ai dit « ballet », avec deux *l*, *e*, *t*. Ou, si tu préfères, six jolies filles qui dansent sur une musique électronique, étrange et fascinante.

— Intéressant, mais je ne comprends pas.

— Six jolies filles qui, sur cette musique insolite, présenteraient les minirobes et minijupes de Gilberte Jassogne parées de bijoux très futuristes... Ce pourrait être là ma « modeste » contribution à ta croisière, non ?

Elle épia sa réaction avec anxiété et ajouta, en prenant une voix timide :

— Et je me chargerais de présenter cette collection. Mais je ne chanterai pas, c'est promis !

Gilles Novak fit semblant de réfléchir, puis :

— Vendu ! Ton idée me plaît !

— Youpiii !

Le cri joyeux de la jeune femme eut pour écho une violente quinte de toux. Passant à ce moment-là derrière elle, un monsieur venait d'avaler — de frayeur — l'un des amuse-gueule présentés aux invités !

*
* *

Dans la grande salle de l'auberge, au premier étage, le peintre et ses amis occupaient la longue table centrale. Les bûches qui flambaient dans la haute cheminée ornée d'un glaive jetaient sur les convives leur éclats tremblotants et creusaient d'ombres mouvantes les visages.

Sur la cape de la cheminée, un pot de terre contenant du sel voisinait avec une tresse de têtes d'aulx. Objets décoratifs, songea le journaliste, ou bien soucis du détail minutieux pour évoquer la crainte médiévale des vampires... que l'ail et le sel rebutaient ? L'érudition de Maistre Maurice l'incita à opter pour cette seconde hypothèse.

Vêtu à la mode moyenâgeuse d'une chasuble en daim, une grosse ceinture autour de la taille, en bottes et pantalon collant, le serveur apporta de grands paniers de crudités et se pencha vers Régine Véran.

— Si mademoiselle veut se débarrasser de son appareil photographique pendant le repas, je pourrais...

— Non, merci, sourit-elle en tapotant familièrement le Contaflex posé près d'elle, sur la banquette. Nous sommes inséparables et je préfère le garder à portée de la main.

Songeur, Gilles la considéra un instant, puis jeta un regard discret aux deux couples d'Américains qui dînaient à l'une des tables, face à eux. Il ne tarda à comprendre pourquoi Régine Véran avait insisté pour s'asseoir entre lui et le peintre et non point du côté opposé : en choisissant cette place, elle pouvait tout à loisir observer ces touristes. Des touristes qui lui parurent cependant n'offrir aucune particularité insolite, contrairement à ce qu'elle avait prétendu, un moment plus tôt, dans l'estaminet.

Un troubadour fit son apparition, vêtu, lui aussi, d'une chasuble en daim, d'une chemise rouge, col ouvert et la taille prise dans un large ceinturon. Il salua les dîneurs avec une révérence et, un pied sur un escabeau, la guitare sur le genou, il plaqua quelques accords avant d'interpréter des poèmes chantés de Villon ou de Ronsard.

Tout en mangeant, les convives tournaient la tête vers ce troubadour à la voix chaude et mélancolique à la fois dont les chansons s'harmonisaient si bien avec ce cadre médiéval.

Brusquement, Régine donna un coup de coude à son confrère.

— Gilles ! Regarde attentivement l'Américain, le rouquin, lorsqu'il tourne la tête pour voir le troubadour...

Et, rapidement, elle chuchota le même conseil au peintre, assis à sa droite. Intrigués ils cessèrent de s'intéresser au ménestrel pour reporter leur attention sur les deux couples, particulièrement sur l'homme aux cheveux roux. Celui-ci, justement, venait de tourner la tête. Gilles et Floutard eurent alors un sursaut de surprise : pendant une fraction de se-

conde, une partie de son visage, une tranche
verticale de son visage plus exactement, était
devenue transparente ! Le phénomène, intéressant l'œil gauche, le nez et le menton, n'avait
duré qu'un temps infime, mais ni Gilles ni
le peintre ne pouvaient plus douter : Régine
Véran n'avait pas eu la berlue !

Le troubadour plaqua un accord final sur
sa guitare, et les convives l'applaudirent vigoureusement.

Durant ces applaudissements, le journaliste
et ses amis firent une nouvelle constatation,
non moins effarante que la précédente : l'autre
Américain, blond, applaudissait, lui aussi, avec
enthousiasme et, durant un très bref instant,
sa main droite parut cesser d'exister !

Régine se pencha vers Gilles Novak.

— Alors, tu me crois, à présent ? Non seulement le rouquin, mais le blond aussi présente cette extraordinaire... anomalie !

— J'aurais mauvaise grâce à prétendre le
contraire, Régine, chuchota-t-il.

Puis, s'adressant au peintre :

— Tout à l'heure, Charles, tu les inviteras
à boire une coupe de champagne avec nous.
J'aimerais assez... bavarder avec ces deux
hommes.

— Rien de plus facile, mais tu auras le
temps de mieux les connaître dans deux semaines. Tout à l'heure, en bavardant avec eux,
ils m'ont appris qu'ils avaient été parmi les
premiers touristes à réserver leurs places à
bord du *Renaissance*, pour effectuer la *croisière de l'étrange.*

Cette nouvelle inattendue laissa Novak bouche bée.

— Drôle de coïncidence, hein ?

Le journaliste resta un instant silencieux, puis :

— Je crois de moins en moins aux coïncidences, Charles. Et cela m'incite davantage à désirer lier connaissance avant notre départ.

Maistre Maurice, qui tournait le dos aux deux couples d'Américains, consulta machinalement sa montre et s'étonna :

— Quelle heure est-il, monsieur Novak ?

— 22 h 30.

— Curieux, ma montre s'est arrêtée à 21 h 25.

— Tiens ! La mienne aussi ! constata son voisin de droite, un critique d'art de la capitale venu au vernissage de Charles Floutard.

Ce dernier, aux côtés de Gilles et de Régine, jeta un coup d'œil à son bracelet-montre qui marquait normalement 22 h 30. Sans s'expliquer la raison pour laquelle leurs montres s'étaient arrêtées, Maistre Maurice et le critique d'art en furent quittes pour les remettre à l'heure.

A l'issue du repas, Gilles offrit le champagne à ses amis ; le peintre alla donc inviter ses « clients » et admirateurs à boire une coupe en leur compagnie. Ravis de ce geste, les deux couples s'approchèrent. Les présentations faites, l'on trinqua de fort bonne humeur.

Gilles, en choquant sa coupe à celles des touristes, examina très attentivement leurs mains, leurs poignets, sans parvenir pour autant à déceler la fugitive anomalie observée un moment plus tôt. En revanche, il ne tarda pas à constater un détail insolite : son chronographe venait de s'arrêter ! La trotteuse centrale était immobile.

Discrètement, pendant que le peintre s'entretenait avec les deux couples, il questionna sa collègue :

— Ta montre... Est-ce qu'elle fonctionne ?

La jeune femme la consulta et marqua un instant de surprise.

— Non, elle est arrêtée.

— Je vais accaparer pour un petit moment les Américains. Profites-en pour vérifier si la montre de Charles est, elle aussi arrêtée et fais-moi un signe pour me renseigner.

Profitant d'un silence, le journaliste questionna, en anglais, à l'adresse du rouquin :

— Vous êtes de quelle région des Etats-Unis ?

— Philadelphie. Vous connaissez ?

— Non, mais je connais New York et Norfolk, où mes parents ont séjourné durant la dernière guerre. Très peu de temps, d'ailleurs, puisqu'ils sont partis ensuite pour le Canada.

— Norfolk ? répéta le blond, avec un bon sourire. Nous connaissons très bien, Bill et moi. Nous étions dans la *Navy* et avons fait escale plus d'une fois dans ce port...

— A la *Navy* ! proposa Gilles en levant son verre après un bref coup d'œil à Régine qui venait de battre des paupières en signe d'affirmation.

Ainsi donc, la montre de Charles Floutard était, elle aussi, arrêtée ! Et ce, seulement depuis que tous trois s'étaient rapprochés des Américains *pour leur serrer la main et trinquer à leur santé !*

De quel phénomène étrange ces deux hommes étaient-ils donc le siège pour provoquer, à courte distance, l'arrêt du mouvement des montres de ceux qui les approchaient ?

Soudain, le journaliste sursauta. Le rouquin, en portant la coupe à ses lèvres, avait interrompu son geste et fixait des yeux remplis d'angoisse sa main et son poignet *qui devenaient grisâtres puis transparents !*

Régine, elle, avait prestement saisi son Contaflex et, sans vergogne aucune, elle avait couru vers la cheminée pour se jucher sur une table afin de photographier la scène ! Alors qu'elle actionnait le levier d'avancement du film, l'Américain — non seulement son visage mais aussi son costume — devenait grisâtre et insensiblement transparent !

Témoins de ce prodige, des dîneurs se levaient, quittaient leurs tables en désordre. Après une brève hésitation, l'Américain blond leur cria, bouleversé :

— Reculez-vous ! Reculez-vous !

Gilles, Floutard, Maistre Maurice et les autres convives obéirent à cette injonction lancée d'une voix tremblante d'émotion.

Soudain, l'étrange touriste qui devenait transparent fut parcouru par un long frémissement, et ses mains, ses bras, s'enflammèrent comme une torche ! L'autre Américain se précipita vers lui et, au lieu de chercher à éteindre les flammes inexplicables, il appliqua ses mains à plat sur la poitrine du malheureux,

tout comme l'aurait fait un guérisseur prati-
quant l'imposition des mains !

Les flammes qui consumaient les bras du
rouquin parurent un instant faiblir, vaciller
tandis que l'autre, les dents soudées dans un
formidable effort de concentration, semblait
lutter contre ce feu qui dévorait son ami. Puis
tout se passa très rapidement. Le blond, à
son tour, prit cette étrange transparence grisâtre et une immense flamme à la fois rouge
et bleuâtre enveloppa le corps des deux
hommes !

Leurs compagnes, folles de terreur, impuis-
santes, hurlaient. Maistre Maurice s'était précipité dans les cuisines pour en revenir armé
d'un extincteur à mousse carbonique dont il
dirigea le jet sur les deux Américains trans-
formés en torches vivantes ! En pure perte,
le flux de neige carbonique ne ralentit même
pas la combustion de leurs corps.

Un détail ahurissant frappa Gilles Novak :
ces malheureux se débattaient, certes, mais ils
ne paraissaient pas souffrir comme eussent dû
souffrir des personnes brûlées vives ! *Quelque
chose semblait paralyser leurs sens, leur sen-
sibilité peut-être ?*

Debout sur la table, près de la cheminée,
Régine Véran, bien que stupéfiée comme tout
un chacun devant cet hallucinant spectacle,
prenait cliché sur cliché. Et, subitement, dans
une grande flamme bleuâtre, les deux hommes
disparurent en silence, littéralement volatilisés,
sans que le phénomène se fût accompagné du
moindre souffle !

Maistre Maurice arrêta le jet de l'extincteur et, sidéré, il fit cette remarque inattendue :

— Regardez ! En tombant, les coupes de champagne se sont brisées, naturellement, mais elles n'ont pas fondu ! Pourtant, elles étaient enveloppées par les flammes bizarres qui dévoraient ces hommes !

— Ce tabouret de bois ne porte pas non plus la moindre trace de brûlure, constata Gilles. Il était, lui aussi, renversé, aux pieds mêmes des...

Il suspendit sa phrase et regarda autour de lui, à la recherche des épouses des infortunés Américains. Celles-ci avaient disparu, non point « volatilisées », mais parce que, pour une mystérieuse raison, elles avaient préféré s'éclipser avant l'arrivée de la police...

CHAPITRE II

Quinze jours s'étaient écoulés depuis le mystérieux incident survenu à l'auberge de *La Commanderie*, à Ventabren et, depuis trois jours déjà, le splendide paquebot *Renaissance* avait quitté le port de Marseille et voguait maintenant dans l'Atlantique en mettant le cap sur les îles Canaries.

Confortablement installés sur les chaises longues du pont-promenade, proche de la piscine, un verre à portée de la main, Gilles Novak, Régine et Charles Floutard, en sweater et maillot de bain, se prélassaient au soleil, à l'instar de nombreux « croisiéristes ».

Les trois amis fumaient, les yeux mi-clos derrière leurs lunettes noires, chacun plongé dans ses pensées. Au bout d'un long moment, Régine rompit le silence.

— Deux questions me turlupinent, Gilles, à propos de l'incident dramatique de *La Commanderie.*

Le journaliste soupira :

— Nous avons tourné et retourné cent fois le problème, depuis cette soirée, sans parvenir à approcher de la solution.

— Si tu avais été un peu plus franc avec nous, peut-être aurions-nous pu y voir plus clair, reprocha-t-elle.

Gilles s'accouda à sa chaise longue et considéra sa collègue, faussement étonné, mais, déjà celle-ci enchaînait :

— Première question : pourquoi as-tu menti à ces Américains, à propos de tes parents qui, lors de la dernière guerre, n'ont jamais mis les pieds aux Etats-Unis ? Et pour cause : les malheureux ont été victimes, en Hongrie, de la barbarie nazie, c'est toi qui me l'as appris, aux Saintes-Maries-de-la-Mer.

— Exact, reconnut-il. Je voulais, par ce mensonge, savoir si ces Américains connaissaient Norfolk... et surtout Philadelphie. J'aurais même juré qu'ils avaient appartenu à la *Navy* et c'était bien le cas.

— Bon. Deuxième question : pourquoi as-tu pensé à Philadelphie, Norfolk et à la *Navy* plutôt qu'à d'autres villes ou à l'*Air Force* ?

— C'est vrai, ça, c'est bizarre, convint Floutard. Pourquoi Philadelphie et la marine ?

— Pour une raison assez complexe : en 1943, un navire escorteur de la *Navy*, sous les yeux de nombreux témoins sidérés, disparut brusquement du port de Philadelphie pour reparaître quelques secondes plus tard.

— Une illusion d'optique, je suppose ?

— Tu... supposes mal, Charles ! fit Gilles avec un demi-sourire. En effet, durant sa très brève éclipse, cet escorteur avait spontanément surgi dans la rade de Norfolk, en Virginie, à six cent quarante kilomètres de Philadelphie ! Et, là aussi, il y eut de très nombreux témoins, tout aussi médusés que les précédents (1). L'on ne peut plus parler ici d'illusion d'optique, mais bel et bien de « téléportation » de l'escorteur en état d'invisibilité ; une téléportation qui s'était opérée instantanément.

— Complètement dément ! fit Régine. Tu es sûr de tes sources ?

— Tout à fait. Je tiens ces informations du Dr Morris K. Jessup, professeur d'astronomie et de mathématiques à l'université de Michigan et à la *Drake University,* qui les rapporta ensuite dans plusieurs de ses ouvrages. Passionné par l'étrange et l'insolite, très versé dans le domaine des « objets volants non iden-

_____

(1) *Authentique. Lire, à ce propos,* Les vrais mystère de la mer, *de Vincent Gadis, et* Le livre du mystérieux inconnu, *de Robert Charroux.*

tifiés », Jessup avait découvert, au gré de ses recherches, que la *Navy* procédait à une expérience fantastique que, à défaut d'autre nom, on baptisa : *Philadelphia Experiment*. Celle-ci consistait à rendre un navire invisible en le soumettant à un hyperchamp d'énergie dérivé, peut-être, d'autres expériences nées de la théorie d'Einstein qui, à cette époque — 1943 — servait de base aux recherches préludant à la bombe atomique. Le black-out officiel tomba ensuite sur cette étrange affaire, mais l'on apprit tout de suite quelque chose d'inquiétant : nombre de marins de l'escorteur soumis à l'expérience étaient soit morts fous, soit carbonisés ou volatilisés dans un halo de flammes rouges et bleutées.

— Oh ! Bonne mère ! s'exclama Floutard en ôtant ses lunettes de soleil. Tout comme les Américains à *La Commanderie*, alors ?

— Oui. Mais tous les marins de l'escorteur ne périrent point. Certains, parfois, devenaient transparents, puis invisibles et disparaissaient pour reparaître en un autre lieu, d'autres ne reparurent jamais, tel ce membre de l'équipage qui, revenu plus tard dans ses foyers, traversa le mur de sa chambre sous les regards terrifiés de sa femme, de son fils et de deux de ses compagnons ! D'autres encore semèrent involontairement la panique parmi les clients et les serveuses d'un bar de Philadelphie dans lequel ils étaient entrés... en état de demi-invisibilité (1) ! Il est bien évident que la *Navy*,

_____

(1) *Authentique.*

en procédant sur l'escorteur à cette étrange expérience, ne se doutait pas des effets tardifs, des séquelles que l'hyperchamp de force produirait sur les marins, sans cela ces derniers auraient été consignés beaucoup plus longtemps par les autorités. Parfois, avant de s'enflammer mystérieusement pour disparaître ensuite, les victimes de ces séquelles étaient frappées de paralysie en devenant peu à peu invisibles. Il fallait alors que *deux* au moins de leurs camarades les touchent, appliquent immédiatement leurs mains bien à plat sur leur corps pour faire cesser ce phénomène appelé « gel profond ». C'est à quoi nous avons assisté, Charles, à Ventabren, à l'auberge de ton ami. Malheureusement, il n'y avait qu'un seul homme, un seul marin rescapé de l'expérience pour imposer les mains sur le corps de ce rouquin. Le « gel profond » ne put être évité et la « combustion froide » de l'un se communiqua rapidement à l'autre !

— C'est effrayant, murmura la jeune femme, impressionnée par ce récit. Ne crois-tu pas qu'il faudrait informer ton ami Jessup, l'astronome, de ce que nous avons vu à Ventabren ?

Gilles eut un sourire sans joie pour répondre :

— J'essayerai, à ma prochaine séance de spiritisme.

— Que veux-tu dire ? s'étonna le peintre, sans comprendre.

— Jessup est mort le 20 avril 1959, à l'âge de cinquante-neuf ans. On devait découvrir son corps dans sa voiture hermétiquement close

et un tuyau, branché sur le pot d'échappement,
débouchant à l'intérieur du véhicule. Suicide.
Telle fut la conclusion de l'enquête... qui si-
gnala très incidemment que ses notes avaient
disparu !

— Mouais ! grommela Charles Floutard.
Pauvre type. Encore un qui en savait trop !

— Mon Dieu ! s'exclama soudain Régine en
portant sa main droite sur sa poitrine, dans
un geste habituel chez elle. Et nos montres ?

— Que veux-tu dire ?

— Nos montres, Gilles ! Rappelle-toi, elles
se sont arrêtées, à l'auberge de *La Commanderie*, lorsque nous nous sommes rapprochés
de ces deux Américains.

— Oui, j'y ai souvent pensé depuis ce
drame, avoua-t-il. Ces malheureux traînaient
un « champ », un reliquat d'hyperchamp,
autour d'eux et nous y avons baigné, nous
aussi, ce qui provoqua l'arrêt de nos montres.

— Tu ne crains pas que... des séquelles... ?

— Je ne le pense pas, Régine. Ce phénomène date de quinze jours et nos montres,
dès que nous avons quitté Ventabren, se sont
remises en marche normalement. Je doute que
cet hyperchamp, du moins son imprégnation
sur la personne de ces deux hommes, ait pu
avoir un effet pernicieux sur nous.

— Tu doutes, tu doutes ! ronchonna Floutard, mal à l'aise. C'est bien beau, de douter,
mais tu n'en es pas sûr !

Et sans réaliser la construction bizarre et
cocasse de sa remarque, il ajouta :

— Tu me vois devenir invisible ?

Régine, malgré cette perspective alarmante,

pouffa en donnant une tape espiègle à l'embonpoint du peintre.

— Avec vous, Charles, il faudrait un hyperchamp, rassurez-vous !

Nullement vexé, celui-ci soupira en hochant la tête.

— Vous avez raison, Régine, dès ce soir, je prends l'engagement de beaucoup moins manger... et de faire de la culture physique !

— A la bonne heure, j'en prends note et saurai vous rappeler cet engagement solennel ! plaisanta-t-elle. Savez-vous que vous seriez séduisant avec dix kilos en moins... pour commencer ?

Il en convint sans difficulté et les trois amis éclatèrent de rire cependant que le journaliste ajoutait :

— Il te faudrait beaucoup de volonté et de persévérance pour résister à la tentation, car les menus, à bord, sont dignes du grand Vatel ! La bonne chère, cela fait partie intégrante d'une croisière... fût-elle celle de l'étrange !

— Oh ! A propos de croisière, intervint Régine. Ces deux Américains ont bien dit à Charles qu'ils devaient participer à la nôtre ?

— C'est vrai, se souvint-il. Etait-ce uniquement à des fins touristiques ou bien avaient-ils d'autres raisons pour s'embarquer à bord du *Renaissance* ? Nous ne le saurons sans doute jamais, car leurs épouses, en prenant la fuite après ce drame affreux, ont dû abandonner leur projet de croisière. Evidemment, il y a plusieurs centaines de passagers à bord, mais, depuis trois jours que nous voguons en mer, nous aurions dû les rencontrer si elles avaient été ici.

— Nous avons arpenté les ponts, bu un verre aux différents bars et sillonné les coursives, où je m'égare invariablement ! avoua le peintre, sans avoir jamais aperçu ces deux charmantes dames. Quant aux tableaux que Bill, j'ai oublié son nom, m'a achetés, je les expédierai à son adresse dès mon retour en France.

— Tu ne te souviens plus de son nom ? fit Gilles. Il est vrai que, moi-même, je ne l'ai pas retenu.

— Rassure-toi, j'ai noté ses coordonnées chez moi, avant de déposer son chèque à ma banque, et c'est le principal.

Il se leva, offrit ses mains à Régine pour l'aider, galamment, à quitter sa chaise longue.

— Il est l'heure...

Elle se laissa arracher à son farniente sans manifester le moindre regret, ce qui surprit le journaliste.

— Il est l'heure... de quoi, si je ne suis pas indiscret ?

— Tu *es* indiscret, minauda la jeune femme en s'éloignant vers la coursive au bras du peintre.

Ces cachotteries amenèrent un sourire chez Gilles : s'il s'agissait d'un flirt, pourquoi donc obéissaient-ils, tous deux, à un horaire ? Cette pensée le fit rire franchement et il s'aperçut alors que l'un des passagers, assis de l'autre côté de la piscine, le dévisageait sans aménité. En ce petit monsieur au crâne chauve et portant lunettes, il reconnut sans mal son contradicteur de la veille qui, au cours de sa première conférence à bord, s'était montré assez virulent à l'égard du sujet traité : *L'intervention des extraterrestres à l'époque biblique.* Cet auditeur grognon avait dû prendre pour lui la mimique amusée de Gilles Novak !

Ce dernier se leva, emprunta la passerelle et gagna la coursive pour rejoindre sa cabine afin de mettre en ordre ses notes en prévision de sa prochaine conférence.

Tout à ses pensées, il tourna la poignée de la porte, constata qu'elle était fermée — rien de plus naturel puisqu'il l'avait fermée lui-même ! — et l'ouvrit donc avec sa clé. Il resta sur le seuil, les yeux fixés sur un maillot de bain deux-pièces qui gisait sur le tapis de haute laine. Troublé, il crut — avec quelque embarras — s'être trompé de cabine, puis se rappela qu'une seconde plus tôt sa clé avait bel et bien ouvert la serrure. Un coup d'œil circulaire lui confirma d'ailleurs cette certitude : il s'agissait indéniablement de sa propre cabine.

Qui donc avait pu, en son absence, s'y introduire pour laisser sur le tapis ce maillot féminin ? Une blague ? Complètement idiot. Cela ne rimait à rien. Il le prit, l'examina : aucune marque distinctive, mais un délicat parfum que la propriétaire de ce bikini et de ce soutien-gorge n'avait certainement pas acheté dans une boutique de trente-sixième ordre ! Il pensa à Régine, mais ne vit pas pourquoi celle-ci serait venue — en supposant que sa clé ouvrît aussi cette cabine, détail improbable — jeter négligemment son maillot chez lui.

Logeant au même pont, il tira sa porte sans la refermer à clé et alla frapper à la cabine de sa collègue. Ne recevant point de réponse, il décida d'aller confier sa trouvaille au bureau de l'information situé dans le hall « touriste », mais, en passant devant la cabine de Charles Floutard, il frappa, à tout hasard.

— Voilà ! Qu'est-ce que c'est ? perçut-il à travers la porte après un bref remue-ménage et des chuchotements étouffés.

Il se nomma et la porte s'entrouvrit, laissant passer la mine embarrassée du peintre.

Indiscret sans l'avoir voulu, Gilles se contint pour ne pas rire de l'expression gênée de son ami.

— Excuze-moi, je ne... savais pas devoir te déranger, mais j'ai trouvé ça dans ma cabine.

Et d'exhiber le maillot deux pièces sur lequel le peintre loucha, perplexe et avouant :

— Ce n'est pas à moi, je te le jure !

— Ça, je m'en serais douté ! Bon, encore mille excuses et...

Du fond de la cabine, Régine Véran lança en soupirant :

— C'est bon, Charles, qu'il entre, sans cela, il va s'imaginer Dieu sait quoi !

Le peintre ouvrit donc en grand la porte de la cabine pour laisser entrer le journaliste qui s'arrêta, interdit, après avoir fait un pas dans le petit hall : Régine Véran, ses longs cheveux noirs défaits sur ses épaules nues, un châle jeté sur son corps dévêtu, s'était recro-

LE TRIANGLE DE LA MORT

quevillée sur le lit et couvrait sa nudité en bougonnant :

— Oh ! Je sais ce que tu penses, mais tu te fourres le doigt dans l'œil, Gilles. Au lieu de rester planté dans l'entrée, avance plutôt jusqu'ici et tu verras que ce n'est pas ce que tu crois !

Il obéit et, après un instant d'embarras, éclata de rire devant sa méprise. Dans l'angle opposé de la cabine, un chevalet, une palette, des bocaux avec des pinceaux, des tubes de couleur et, sur le chevalet, une toile sur laquelle était esquissé un nu : Régine Véran émergeant du châle de soie qui présentement la recouvrait !

— Bravo ! fit-il admiratif. Je ne sais ce qu'il faut le plus admirer : le modèle... ou son portrait.

— Le modèle, Gilles, le modèle, plaisanta Floutard, car la toile est inachevée.

— Tu as bonne mine, avec ce maillot de femme à la main ! railla la journaliste. Je ne te savais pas satyre !

Entre deux plaisanteries, Gilles expliqua son histoire assez invraisemblable et laissa le peintre à son — ravissant — modèle pour aller se défaire de sa trouvaille auprès de l'hôtesse qui, après un sourire charmant, finit par lever sur lui un regard soupçonneux.

— Rassurez-vous, mademoiselle. Si vous trouvez la propriétaire de ce maillot, dites-lui bien que je n'exige aucune récompense pour le lui avoir rapporté !

Et sur ces mots, dits avec une exquise courtoisie assortie d'une inclination de tête, il regagna sa cabine... où une autre surprise l'attendait. La porte de l'armoire était entrouverte alors qu'il était sûr de l'avoir vue fermée, un quart d'héure plus tôt.

Il l'ouvrit tout à fait, examina ses costumes suspendus à la tringle, ses chemises soigneusement pliées, puis s'aperçut enfin de la disparition de son pantalon beige ! Une rapide inspection des tiroirs lui fit découvrir une autre disparition : celle d'un sweater bleu !

Point n'était besoin d'être détective pour comprendre que la découverte du maillot deux pièces et le vol de ses effets avaient un lien évident : une jeune femme en maillot s'était glissée dans sa cabine — comment, cela restait à expliquer — pour ôter son maillot et chiper l'un de ses pantalons et son sweater bleu qu'elle avait enfilé avant de ressortir. Mais pourquoi ce manège ridicule ? Quantité de jolies femmes — et d'autres aussi ! — se promènent en maillot dans les coursives, se rendent d'un pont à un autre sans se livrer à ce genre de strip-tease avec « viol de domicile » ou plutôt de cabine !

Gilles réfléchit un moment à cette énigme, puis, incapable de la résoudre, s'en retourna auprès de l'hôtesse qui l'accueillit avec son gracieux sourire.

— Rien de nouveau depuis dix minutes, monsieur Novak. Le maillot n'a toujours pas été réclamé.

— Tant mieux. De la sorte, si cette délicieuse personne vient un jour le récupérer, vous voudrez bien lui dire qu'elle m'obligerait en me restituant mon pantalon et mon sweater. Merci, fit-il en s'inclinant pour la laisser ensuite à sa stupeur incrédule.

Alors qu'il passait, un instant plus tard, le long de la piscine, il vit une jeune fille, encore ruisselante d'eau, s'avancer vers lui, un peu gauche.

— Excusez-moi, monsieur Novak, mais je n'ai pas pu, hier soir, me faire dédicacer l'exemplaire de *LEM* que j'ai acheté à l'issue de votre intéressante conférence. Puis-je me permettre de...

— Mais très volontiers, mademoiselle, acquiesça-t-il tandis que la jeune fille, une adorable brune bronzée à souhait et dotée d'un fort accent américain, lui souriait en désignant un exemplaire de sa revue, laissé sur une chaise longue.

Il ouvrit *LEM* à la page de son éditorial et questionna :

— A quel nom dois-je le dédicacer ?

— A Patricia.

— Patricia... comment ?

— Patricia tout court, c'est plus gentil, vous ne trouvez pas ? Maintenant, si c'est mon nom que vous voulez connaître, je m'appelle Gaulton.

Il écrivit la dédicace et rendit la revue à la jeune femme qui la lut attentivement, à mi-voix :

— *A Patricia, adorable naïade digne de remporter le titre de « Miss Croisière de l'Etrange ». En toute admiration, Gilles Novak.*

Flattée, elle le gratifia d'un sourire.

— C'est un compliment ou bien y a-t-il vraiment une élection de miss, à bord ?

— C'est un compliment, mais il y a aussi, ce soir, une élection de miss Croisière de l'Etrange. Vous devriez sincèrement aller vous faire inscrire auprès de l'hôtesse, Patricia.

Sur un ton de fausse confidence, il ajouta :

— Je voterai pour vous !

— Le *Renaissance* est rempli de jolies filles, ne vous engagez donc pas si témérairement à faire des promesses, plaisanta-t-elle. Cependant, j'aime les compétitions et cela m'amusera de suivre votre conseil.

**

Sur le vaste espace du *sundeck*, plusieurs centaines de passagers, la plupart en smoking et robes du soir, avaient trouvé place pour assister aux manifestations prévues. La douceur de la nuit autant que la qualité du spectacle avaient contribué à cette affluence.

Etincelante dans mini-minirobe du soir entièrement composée de plaquettes de maillechort, Régine Véran, le micro à la main, venait de présenter avec beaucoup d'aisance et de brio la collection des modèles futuristes de Gilberte Jassogne. Evoluant sur une musique « sidérale » les danseuses-mannequins avaient conquis le public par leur charme et l'originalité de leurs modèles.

Son rôle de présentatrice accompli, Régine rendit le micro au commissaire de bord qui s'inclina dans un baisemain très Régence avant de la reconduire à la table de ses amis.

— Après cette brillante manifestation d'élé-

gance féminine, commença-t-il, c'est à la beauté
propre de la femme que nous allons consacrer la seconde partie de cette soirée. L'heure
est en effet venue de procéder à l'élection de
miss Croisière de l'Étrange et de ses dauphines.

Pendant que, sous les étoiles, se déroulait
cette élection de miss, sur le pont de la classe
« confort », pratiquement désert, une ombre se
faufilait dans la coursive tribord et gagnait la
cabine de Gilles Novak. Munie d'une clé, un
paquet sous le bras, la silhouette referma
silencieusement la porte et, sans éclairer, alluma une minuscule lampe-torche dont le fais-
ceau se promena sur tous les meubles, sur le
tapis, pour revenir enfin sur l'armoire.

Le paquet déposé au-dessus des draps sup-
plémentaires soigneusement pliés, à droite de
l'étagère supérieure, l'inconnu se mit alors à
fouiller systématiquement, mais avec soin, les
bagages du journaliste, s'attardant surtout à
l'examen de certains dossiers. Cela fait, il
ouvrit l'attaché-case et compulsa son contenu :
chemises cartonnées bourrées de notes, cale-
pins, feuillets dactylographiés, croquis et
esquisses sommaires destinés à la mise en
page du futur numéro de *LEM*. Une note attira l'attention du mystérieux visiteur. Hâtivement, Gilles avait griffonné ces mots : *Philadelphia Experiment — Jessup — Eventuelle-
ment y faire allusion dans prochaine conférence*/Renaissance.

La silhouette referma l'attaché-case, le remit
en place sur la commode et ressortit sans
bruit pour s'éloigner dans la coursive.

Sur le *sundeck*, les passagers applaudissaient la lauréate qui, entourée de ses deux ravissantes dauphines, venait de remporter le titre de miss Croisière de l'Etrange. Gilles ne s'était point trompé dans son jugement : l'heureuse lauréate n'était autre que Patricia Gaulton, d'une beauté enivrante avec son microscopique bikini et ce mince ruban pailleté d'or à prétention de soutien-gorge !

Subjugué, les yeux rivés sur cette merveilleuse créature, le peintre murmura, comme pour lui-même :

— Un corps, une taille, des hanches, des...

— Peuh ! fit Régine avec un mouvement d'humeur. Les hommes sont plus souvent sensibles à la « quantité » qu'à la qualité ! Et ses cheveux ! Au lieu de les laisser crouler en vagues sur ses épaules, elle aurait dû les rouler, les disposer en une coiffure plus aérienne pour...

— Je lui transmettrai ton conseil pour la prochaine fois, rit Gilles. Maintenant, promets-moi de garder pour toi ce genre d'appréciation quand Patricia nous rejoindra dans un moment.

— Ah ! bon ! Parce que tu as invité *ta* miss Croisière à notre table ?

— Sensible à la... « qualité quantitative », j'ai eu une faiblesse, oui. Cela ne te gêne pas trop, au moins ?

Elle haussa les épaules.

— Je me demande pourquoi cela me gênerait ! D'ailleurs, tout à l'heure, je vais rejoindre le commissaire de bord sur le podium pour animer les jeux, entre deux danses.

La lauréate et ses demoiselles d'honneur ayant quitté la scène, l'orchestre se mit à jouer tandis que les couples gagnaient la piste de danse. Faisant une grimace à son confrère, Régine se leva et tendit ses mains au peintre.

— Puisque vous insistez, Charles, je ne peux pas vous refuser cette danse.

Floutard réalisa à contretemps et se leva à son tour en se morigénant pour sa distraction ! Que n'avait-il songé lui-même à inviter son « modèle » dès les premières mesures de l'orchestre !

Au bout d'un quart d'heure, vêtue — très peu — d'une minirobe au « maxi » décolleté, Patracia Gaulton fit son apparition — très remarquée — pour se diriger vers la table du journaliste. Celui-ci, imité par Charles Floutard, s'était levé pour l'accueillir et faire les présentations.

Ignorante du jugement porté à son endroit par Régine Véran, elle lui serra la main en affichant ce délicieux sourire qui creusait deux fossettes au creux de ses joues.

— Me permettez-vous de vous dire que vous avez été... heu !... comment dit-on ? Epatante ! C'est ça, mademoiselle Véran, vous avez été épatante lors de cette présentation de modèles ! Quelle facilité, quelle aisance ! Et quelle classe ! Savez-vous que votre tunique de métal est absolument... (elle trébucha sur un mot, se reprit) for-mi-da-ble ?

Sous cette avalanche de compliments — manifestement sincères — Régine ne voulut point

être en reste et décida de réviser quelque peu
son premier jugement.

— C'est vous qui avez été, et êtes, formidable, Patricia. Mais asseyez-vous donc, je
vous en prie.

— Merci, Régine. Je suis sûre que nous
allons devenir les meilleures amies du monde !

Cette sincérité, cette spontanéité charmèrent
la journaliste et le peintre autant que Gilles
Novak, fort satisfait de constater que les hosti-
lités ne seraient point ouvertes entre ces deux
jolies femmes !

On bavarda, dansa et papota jusqu'à 1 h du
matin, et Régine dut alors, momentanément,
abandonner ses amis pour gagner le podium
et prendre en main le micro.

— Mesdames, mesdemoiselles, messieurs...

Avec un synchronisme parfait... parce que
préparé dès la répétition de la veille, l'orchestre plaqua un accord suivi d'un roulement de
batterie qui s'interrompit pour permettre à
Régine d'enchaîner :

— Voici maintenant...

Nouveau roulement à la caisse claire.

— Le clou de la soirée !

Le batteur n'eut point le temps de manier
ses baguettes : une terrifiante explosion venait
d'éclater dans le ciel, à la verticale du *Renaissance*, accompagnée d'un aveuglant éclat rouge
pourpre !

Abasourdie, Régine avait instinctivement
rentré la tête dans les épaules et lâché le micro, cependant que les passagers attablés se
levaient d'un bond, certains renversant leurs
verres qui se brisèrent sur le pont. Affolées,

des femmes avaient crié, poussé des hurlements en levant les yeux vers le ciel criblé d'étoiles où, maintenant, tournoyait une immense sphère écarlate, d'une insoutenable luminosité !

A la terreur première, provoquée par cette explosion et l'apparition de ce globe pourpre, avait succédé un instant de silence angoissé qu'une dame d'un certain âge troubla par cette recommandation, lancée d'une voix tremblottante :

— Les femmes et les enfants d'abord !

Le caractère mystérieux et inquiétant du phénomène ôta à tout un chacun l'envie de rire à ces paroles ! De même, sur le moment, nul ne songea à établir une corrélation entre l'annonce par Régine du « clou de la soirée » et cette sphère qui, dans le ciel, répandait une lueur sanguine qui donnait aux passagers un teint effrayant.

L'objet mystérieux, aussi gros — du moins en apparence — qu'une montgolfière, cessa de tournoyer pour s'éloigner vers l'ouest et plonger soudain dans l'océan en soulevant une gigantesque gerbe d'écume blanche sous l'éclat de la lune. Durant quelques secondes, la mer fut illuminée en profondeur par cette étrange clarté rubescente qui décrut, s'atténua et s'éteignit.

D'une main tremblante, Régine se baissa pour ramasser le micro, mais le commissaire de bord, venu la rejoindre, l'avait devancée. D'une voix forte pour dominer le brouhaha qui s'élevait à présent de la foule, il commença par la spirituelle phrase :

— Mesdames, mesdemoiselles et messieurs, je...

Le silence se fit, mais le vieux monsieur chauve qui, la veille, avait déjà joué les contradicteurs auprès de Gilles Novak, s'en prit illico au commissaire de bord.

— C'est un scandale, une plaisanterie inqualifiable, de provoquer de telles émotions aux passagers ! Je me plaindrai à la Compagnie ! Vous aurez de mes nouvelles !

Et de quitter le *sundeck* en bousculant chaises et tables sans même écouter la suite de l'annonce interrompue du commissaire de bord.

— Je suis absolument navré, mesdames et messieurs, mais, comme bien vous pensez, il ne s'agit là en aucune manière du... « clou de la soirée » annoncé tout à l'heure par Régine Véran ! Je... Nous ne nous expliquons pas, absolument pas, ce qui s'est passé. Cette explosion, l'apparition de ce globe lumineux écarlate dans le ciel et sa plongée dans la mer sont autant d'énigmes pour nous. Fort heureusement cette... fantaisie pyrotechnique fort inattendue nous laisse quittes pour la peur ! Et maintenant, nous allons organiser les jeux qui, eux, sont prévus au programme de cette nuit dans le but de vous divertir, et, accessoirement, de vous faire oublier la fâcheuse impression de cet incident...

Charles Floutard, de sa place, adressa un sourire d'encouragement à Régine qui, sur le podium, aux côtés du commissaire, récupérait avec peine après cette émotion !

— Sacré Régine ! finit-il par rire sous cape. Pour le clou de la soirée, c'était le clou de la soirée ! Elle s'est taillée un joli succès, avec cette annonce-là !

Les touristes, autour d'eux, oubliaient peu à peu leur frayeur et des rires fusaient au souvenir du petit vieux qui avait menacé de se plaindre à la Compagnie ou de cette dame corpulente qui, croyant sans doute au naufrage, avait lancé d'une voix bêlante :

— Les femmes et les enfants d'abord !

Oui, l'atmosphère se détendait. On commençait à s'intéresser aux préparatifs des jeux que le commissaire et Régine allaient animer.

Seule Patricia ne paraissait point encore remise, et ses yeux, ses grands yeux bleus, se tournaient encore fréquemment vers la mer, vers ce point de l'océan où le mystérieux globe de feu s'était abîmé. Ses yeux dans lesquels brillaient alors une lueur angoissée..

Gilles Novak l'observait depuis un moment, perplexe devant son expression crispée, devant ses efforts assez vains pour masquer l'inexplicable horreur qu'elle éprouvait...

Il posa sa main sur la sienne et elle tressaillit, s'efforça de lui sourire sans parvenir à chasser tout à fait la sourde inquiétude qui la tenaillait...

CHAPITRE III

A une heure avancée de la nuit, l'orchestre, comme chaque soir pour annoncer la fin de la nuit dansante, entama le célèbre slow *Good Night Sweetheart*.

Il ne restait plus qu'un nombre réduit de couples sur la piste, dont le peintre et Régine, sans oublier le journaliste et la jeune Américaine qui ne s'étaient plus quittés.

Dès la première mesure de ce « final », Gilles chantonna les paroles — éminemment propices au flirt ! — de ce *Good Night Sweetheart*. De ses lèvres, il effleura la joue de sa cavalière, laquelle lui rendit ce baiser et se serra davantage dans ses bras, bercée par la musique douce. Sur l'accord final plaqué par l'orchestre, le journaliste, quant à lui, « plaqua » lentement une série de baisers sur la joue de Patricia qui parut apprécier cette délicate attention... pour rejeter brusquement sa tête de côté et s'écarter de lui lorsqu'il fit mine d'embrasser son oreille !

Cette réaction, aussi vive qu'inattendue, le laissa un instant interdit. L'arrivée de Floutard et de Régine créa une diversion qui ne lui permit pas de s'excuser auprès de l'Américaine..., fût-ce pour obtenir d'elle en retour une explication.

— Il n'est que 2 heures ; si nous allions

boire un dernier verre à la *Taverne* ? proposa
Charles Floutard.

— Il y a des disques sensationnels, renchérit la journaliste qui ne paraissait point pressée de rentrer.

Gilles interrogea sa cavalière du regard, mais
celle-ci secoua la tête avec un sourire d'excuse.

— Ne m'en veuillez pas, Gilles, mais j'ai
beaucoup nagé, aujourd'hui, et après cette
excellente soirée, je me sens un peu lasse.

— En ce cas, permettez-moi de vous rac-
compagner, Patricia.

Elle mima un baiser du bout des lèvres et
répondit :

— N'en faites rien, Gilles, et allez avec vos
amis à la *Taverne*. Demain, si vous le voulez,
je serai ravie de vous y accompagner. *Good
Night... Sweetheart...* Bonne nuit, Régine,
bonne nuit, Charles, acheva-t-elle avec un geste
gracieux de la main en s'éloignant.

— J'aurais parié qu'elle serait venue, confia
Régine à mi-voix. Tout à l'heure, en dansant,
vous aviez l'air au mieux elle et toi, Gilles.

— Plus qu'au mieux ! plaisanta le peintre,
mais la petite ne semble apprécier que les
baisers sur les joues... et pas sur l'oreille !

Gilles considéra son ami, surpris.

— Ainsi, tu as remarqué ce détail ?

— Nous dansions à deux pas de vous et
sa réaction, je l'avoue, m'a un peu étonné.
Qu'en pensez-vous, Régine ?

— Ma foi, quand une femme se laisse embrasser sur la joue, je ne vois pas pourquoi
elle refuserait son oreille ! rit-elle. Ces préli-

minaires engagés, il est logique de penser que
le terrain, mal défendu, se prête à la conquête !

Floutard se frotta comiquement les mains
et prit le bras de la jeune femme.

— Nous avons les mêmes conceptions de
la stratégie, Régine. Allons croiser le fer jus-
que dans la *Taverne* !

— Jusque-là, je suis d'accord, rit-elle, mais
après, mon petit Charles, il faudra déposer les
armes ! Tu viens, Gilles ?

Amusé par ces préparatifs de combat qui
laissaient entrevoir clairement une paix honorable... sinon une capitulation, Gilles déclina
la proposition.

— Allez-y sans moi. Je vais faire un tour
en fumant une dernière cigarette.

Les musiciens ayant rangé leurs instruments
et regagné leurs cabines, Gilles se retrouva seul
sur le *sundeck*, accoudé à la rambarde. Il
fumait en silence, admirait en contrebas le mi-
roitement de la lune dans l'eau de la piscine
du quatrième pont et, au-delà de la poupe,
le long sillage frangé d'écume qui s'étirait
derrière le *Renaissance*. Le journaliste abandonna la rambarde et descendit le degré de la
passerelle pour gagner le quatrième pont et le
gaillard d'arrière. Le ciel était d'une merveilleuse pureté ; la lune répandait sur les lattes
de bois l'ombre des tables, des parasols, des
fauteuils d'osier et des chaises longues ali-
gnées à bâbord. Accoudé au bastingage, il jeta
son mégot à la mer, laissa errer ses regards
sur le sillage, bercé par le ronronnement sourd
de l'arbre de transmission et le bourdonne-

ment régulier des hélices qui, à dix-huit nœuds, propulsaient à travers l'Atlantique le luxueux paquebot *Renaissance*.

Le journaliste abandonna le bastingage et se dirigea lentement vers la coursive tribord ; il allait s'y engager pour regagner sa cabine lorsqu'une sorte de sifflement, curieusement modulé, attira son attention. Cela semblait provenir de la coursive opposée. Intrigué, il longea la piscine et, instinctivement, ralentit sa marche pour s'approcher de ce secteur du pont. Il avança d'un pas encore, s'immobilisa, surpris d'apercevoir Patricia Gaulton, en robe de chambre, accoudée au bastingage et sifflant d'une aussi singulière manière.

N'eût été ce sifflement, ce bruit bizarre qu'elle émettait, il se fût doucement approché pour la surprendre et rire ensuite avec elle de sa frayeur. Tapi dans l'ombre que projetait le pont supérieur, il observait Patricia qui, penchée en avant, semblait scruter la mer. Le profil de la jeune Américaine se détachait clairement sous l'éclat de la lune, et Gilles réalisa soudain qu'elle émettait ces sons bizarres non point avec sa bouche, mais avec sa gorge, car ses lèvres remuaient à peine.

Comment, diable, s'y prenait-elle et à qui destinait-elle cette espèce de signal ? A cet endroit-là du paquebot, il n'y avait plus, au-dessous, de partie découverte aux ponts inférieurs. Donc, nul ne pouvait, en levant la tête, répondre à ce signal, à moins que le destinataire ne se fût risqué à ouvrir le hublot d'une cabine, et à passer la tête à l'extérieur ! Au reste, ce n'était point la paroi verticale du

Renaissance que semblait regarder Patricia, mais bien plutôt la mer.

Le journaliste suivit la direction de son regard et fronça les sourcils : quelque chose, en se déplaçant au ras des flots, y traçait un sillage d'écume, évoluant en diagonale pour se rapprocher du navire. Un sous-marin de poche ? Gilles rejeta cette hypothèse, la « chose » en question se mouvait à une vitesse infiniment supérieure à celle d'un sous-marin voguant en surface. Le sillage était par ailleurs bien trop réduit.

Les sifflements, les sons émis par Patricia se firent plus rauques, entrecoupés d'étranges petits cris suraigus et, soudain, une masse oblongue jaillit hors de l'eau, parut un instant s'immobiliser en l'air, puis replongea dans un jaillissement d'écume.

Sidéré, Gilles Novak avait reconnu un dauphin ! Un dauphin qui, en fusant dans l'eau, avait poussé une série de cris semblant répondre à ceux de l'Américaine ! Le journaliste croyait rêver : pendant plusieurs minutes, un « dialogue » s'engagea, fait de sifflements, de sons rauques ou aigus, entre l'animal et la jeune femme !

Celle-ci, après avoir machinalement incliné la tête, dénoua le cordon de sa robe de chambre et s'en débarrassa pour apparaître entièrement nue ! Elle roula en boule le vêtement, le jeta sur une chaise longue et, enjambant le bastingage, elle plongea dans la mer avant que Gilles, le souffle coupé, ait pu bondir pour l'empêcher d'accomplir cette folie ! Penché sur le bastingage, il hurla son nom, mais la jeune femme, en refaisant surface, ne parut point l'entendre. Elle venait, en quelques brasses, de rejoindre le dauphin et l'avait enlacé, ou plutôt « enfourché » pour disparaître avec lui, allongée sur son dos, dans les profondeurs de l'océan !

Gilles se précipita vers la coursive pour donner l'alerte, mais il s'arrêta en trébuchant, fustigé par une violente douleur au niveau des tempes. Sa vue se brouilla et il s'écroula en perdant conscience...

*
**

Lorsque le journaliste revint à lui, une lumière éclatante lui fit refermer vivement les paupières ; il tourna la tête, entrouvrit les yeux et constata avec effarement qu'il faisait jour ! La lumière aveuglante était celle du soleil déjà haut sur l'horizon. Il voulut se lever : ses mains rencontrèrent le vide et non point la surface du pont. Inexplicablement, il se trouvait allongé sur une chaise longue face à la mer, devant le bastingage !

— Alors, monsieur Novak, on a dormi à la belle étoile ?

Gilles tourna la tête et vit, près de lui, le petit monsieur chauve, son auditeur grincheux et récalcitrant ! Il s'extirpa de sa chaise longue, se mit debout et éprouva un léger vertige qui le fit tituber.

Avec une mimique de reproche et un soupir navré, le vieillard ajouta :

— Si ce n'est pas malheureux de se mettre dans des états pareils ! Je vous croyais plus

sobre, monsieur Novak. Pas étonnant que, à
ce régime, vous voyiez des soucoupes un peu
partout et même des extraterrestres dans la
Bible !

Et sur ces paroles bien senties, il s'éloigna
en marmonnant entre ses dents.

Récupérant peu à peu, l'esprit embrumé,
Gilles consulta sa montre : 8 h 15. Le pont
était encore désert ; à cette heure matinale
les passagers devaient prendre leur petit déjeuner dans la salle à manger ou dans leur
cabine. Une chance, pour lui, de n'avoir eu
qu'un seul « témoin » : se réveiller en smoking,
mal rasé — plus exactement : pas rasé du
tout ! — et quitter sur le pont une chaise
longue en titubant, c'était là plus que suffisant pour passer pour un ivrogne !

Patricia ! L'image de la jeune femme, dialo-
guant avec un dauphin et plongeant nue dans
l'océan pour le rejoindre lui revint en mémoire ! Il gagna en hâte la coursive pour se
diriger vers le bureau du commissaire de
bord, afin de signaler la disparition de la
jeune femme et croisa un steward, un plateau
à la main. Gêné d'être vu dans cette tenue,
barbu et le smoking froissé, il tourna légèrement la tête, feignit de se gratter la joue. Le
steward le salua, frappa à la porte d'une cabine et entra avec son plateau chargé d'un
petit déjeuner.

Gilles pressa le pas, puis s'arrêta, tiquant
violemment, avant de se retourner. Cette cabine, dans laquelle le steward venait d'entrer,
n'était-ce point celle de Patricia Gaulton ?
N° 256... Le journaliste croyait bien se souve-

nir de ce numéro. Patricia l'avait indiqué, la veille, dans la conversation, alors qu'ils prenaient un verre avec Régine et Floutard, sur le *sundeck* où s'était déroulée l'élection de miss Croisière de l'Etrange.

Non, il devait faire erreur. Le steward ressortit, et Gilles, à contrecœur, l'interpella.

— C'est bien la cabine de M. Durand, le 256, n'est-ce pas ? Nous devions nous retrouver au petit déjeuner dans la salle de restaurant, mais je vois qu'il a préféré déjeuner dans sa cabine...

— Non, monsieur Novak. Il n'y a pas de M. Durand dans mon service. Sur un autre pont, certainement. Ici, c'est la cabine de miss Gaulton.

S'efforçant de réprimer sa stupeur, Gilles sourit.

— Ah ! oui ! « miss Croisière de l'Etrange » ! J'espère qu'elle aura passé une bonne nuit et fait des rêves de gloire après ce brillant succès. Elle était assez lasse et avait... une forte migraine, hier soir, quand elle nous a quittés.

— Miss Gaulton m'a paru ce matin en pleine forme, monsieur Novak.

— Tant mieux... Merci, fit-il en laissant s'éloigner le steward pour se diriger ensuite vers sa cabine où il se débarrassa en hâte de son smoking pour se raser et prendre une douche froide.

Comment tout cela était-il possible, sinon même concevable ?

Lorsqu'il ouvrit l'armoire pour s'habiller, son pantalon beige et son sweater bleu tombèrent à ses pieds ! Ainsi donc, dans la nuit, « on » était venu remettre en place — mais en équilibre instable ! — ses vêtements dont il avait constaté la disparition !

Il décrocha le téléphone et composa le numéro de la cabine de son ami Floutard. Une voix — féminine — fit un « allô ! » ensommeillé, puis raccrocha aussitôt. Gilles aurait pourtant juré ne point s'être trompé de numéro. Et quand cela aurait été, pourquoi cette femme aurait-elle coupé brusquement la communication après avoir dit « allô » ? Il refit le numéro et on décrocha immédiatement.

— Charles ?

A l'autre bout du fil, le peintre répondit par l'affirmative sur un ton hésitant qui sentait l'embarras. Le journaliste esquissa un sourire amusé en imaginant la raison de ce trouble et l'origine de la voix féminine qui lui avait répondu à son premier appel ! Malgré sa résolution de ne point « croiser le fer » au-delà de la *Taverne*, Régine avait manifestement perdu la bataille et s'était retrouvée aux mains de... l'adversaire !

— Alors, Gilles, que se passe-t-il ? s'impatientait le peintre. Tu me réveilles et tu restes là, sans dire mot, au bout du fil !

— Excuse-moi, Charles, je réfléchissais à une singulière aventure qui m'est arrivée, cette nuit. Je peux te rejoindre ?

— Non, non ! Enfin, je... je veux dire pas tout de suite, se reprit-il en regrettant sa hâte à le dissuader de ce projet par trop immédiat !

Gilles se fit un devoir de venir à son aide.

— Je n'ai pas déjeuné, moi non plus. Retrouvons-nous dans une demi-heure à la salle à manger. D'accord ?

— D'accord.

— Une chose encore. Si tu vois Régine, demande-lui de nous rejoindre. Elle n'a peut-être pas déjeuné, elle non plus.

— Non, elle n'a pas... Bon, je vais lui téléphoner, abrégea-t-il pour éviter de s'enferrer davantage.

Avec quelque retard, le peintre et la journaliste retrouvèrent leur ami attablé devant un copieux petit déjeuner : œufs au plat, marmelade, chocolat au lait, toasts, qu'il dévorait à belles dents.

— Excusez-moi de ne pas vous avoir attendus...

En prenant place, Régine, d'un ton jovial, déclara :

— Nous avons dansé à la *Taverne* jusqu'à près de 5 heures du matin et tout à l'heure, je n'arrivais plus à me réveiller.

— C'est donc pour cela que j'ai téléphoné en vain, à ta cabine, mentit Gilles, d'un ton neutre. Tu as le sommeil dur.

Floutard feignit de s'affairer à beurrer ses toasts, évitant de prendre part à la discussion !

Tout en déjeunant, Gilles entreprit de leur conter par le menu les singuliers événements de la nuit, du moins ceux dont il avait été le témoin conscient. Abasourdi, le peintre le dévisagea.

— Te rends-tu compte de tout ce que... cette étrange affaire a d'absurde ? Patricia se flanque à l'eau vers 3 heures du matin et va batifoler avec un dauphin tandis que le *Renaissance* — qui tape tout de même dix-huit nœuds à l'heure — poursuit sa route et, à 8 heures et des poussières, un steward apporte le plateau du petit déjeuner dans la cabine de l'Américaine ! Il a fallu qu'elle nage bougrement vite pour rattraper le navire ! Sans compter qu'elle a dû avoir du mal à se hisser à bord, ensuite, pour regagner tranquillement sa cabine !

» Non, Gilles, si tu veux conserver ta réputation, il vaut mieux que tu ne racontes pas cette histoire à n'importe qui ! »

Le journaliste soupira en se forçant au calme.

— Je sais, Charles, tout cela paraît délirant, mais comment expliques-tu que je me sois réveillé à 8 heures du matin, sur une chaise longue et en smoking ?

— Oh ! A propos de smoking, je vois que tu as retrouvé ton sweater bleu ? fit Régine.

— Et mon pantalon beige aussi, oui ! « On » me les a ramenés cette nuit, pendant que j'étais au pays des songes, à ronfler sur le pont !

— Mouais ! rumina le peintre. C'est assez bizarre ! Et tu dis avoir ressenti une douleur aiguë dans le crâne ?

— Juste avant de perdre connaissance, oui. Mais on ne m'a pas assommé, cela, j'en suis absolument certain. Par un procédé que j'ignore, ce « on » en question a projeté sur moi une onde, un flux d'énergie, un rayonnement qui a agi comme l'aurait fait un puissant soporifique.

— Une arme pareille, ça n'existe pas !

— Disons qu'elle ne se trouve pas dans le commerce, rectifia le journaliste, pensif, avant d'ajouter : dans moins d'une heure, escale aux Canaries. Vous ferez, je suppose, l'excursion à Santa Cruz ?

— Bien sûr, répondit Régine. Nous avons bien l'intention de visiter Tenerife. Pas toi ?

— J'ai d'autres projets, sourit-il. Voilà ce que j'attends de vous. Débrouillez-vous pour vous intégrer au groupe de touristes où se trouvera Patricia et dites-lui que j'avais ce matin une trop forte migraine pour quitter le bord. J'espère que, ce soir, cela ira mieux et que nous nous retrouverons au restaurant.

— Tu vas donc te priver de cette magnifique excursion ?

— A mon grand regret, oui, Régine, mais ce que j'ai à faire, dans un autre ordre d'idées, pourrait être aussi fort intéressant. Maintenant, les tourtereaux, je vais m'enfermer dans ma cabine... pour éviter de rencontrer, ici ou sur le pont, la... mystérieuse Patricia...

*
**

Par le hublot de sa cabine, Gilles vit s'éloigner la dernière embarcation à bord de laquelle ses deux amis avaient retrouvé « par hasard » la jeune Américaine.

En sifflotant, le journaliste sortit dans la coursive en faisant tournoyer sa clé d'une main et tenant de l'autre son attaché-case. Arrivé à la réception, il posa sa serviette sur la banque et, tout en adressant un large sourire à l'hôtesse, il accrocha sa clé au tableau en demandant, l'index pointé vers le présentoir, des cartes postales :

— Donnez-m'en une de chaque, mademoiselle, s'il vous plaît.

La question soulignée du geste fit machinalement tourner la tête à la jeune fille dans la direction du présentoir vers lequel elle se dirigea afin de choisir les cartes désirées.

— Vous avez raté une très belle excursion, monsieur Novak, sourit-elle en lui apportant les cartes postales. Santa Cruz de Tenerife et son merveilleux décor volcanique méritent la visite...

— Je suis d'autant plus d'accord avec vous, mademoiselle, que je connais déjà fort bien l'archipel des Canaries où j'ai séjourné, voici deux ans. Malheureusement, je dois préparer, plus exactement, remanier ma prochaine conférence, c'est pourquoi j'ai préféré rester à bord... et rédiger ensuite quelques mots à des amis, fit-il en agitant les cartes postales. Une corvée à laquelle se plient d'ailleurs volontiers les touristes, ne serait-ce que pour bien prouver à leurs amis qu'ils ont bourlingué !

Gilles sortit sur le pont, fit le tour du paquebot et revint tranquillement dans la coursive de tribord pour gagner la cabine n° 256. Muni de la clé qu'il avait subtilisée au tableau en y accrochant la sienne, il s'assura que personne n'était en vue et ouvrit sans vergogne la porte qu'il referma aussitôt à clé.

Le journaliste déposa son attaché-case sur la couchette de la jeune femme et entreprit

de se livrer à une fouille minutieuse des lieux.
Il ouvrit le tiroir de la psyché et leva la tête,
huma l'air, intrigué : où avait-il déjà senti ce
parfum subtil, délicat ? Mais oui ! sur le maillot deux-pièces inexplicablement trouvé quarante-huit heures plus tôt dans sa propre cabine ! C'était donc Patricia qui — en usant
peut-être de la même ruse que lui ! — s'était
introduite dans sa cabine pour la fouiller.

— Bon, admettons qu'il en soit bien ainsi,
raisonna-t-il. Pourquoi donc en ce cas Patricia
aurait-elle ôté son maillot pour m'emprunter
un pantalon, un sweater et, ainsi grotesque-
ment vêtue, ressortir au risque de se faire remarquer ?

Un élément du puzzle faisait défaut au
journaliste qui lui interdisait de replacer les
événements dans un contexte rationnel.

Il examina les flacons de parfums, de fards,
ouvrit l'un après l'autre les tiroirs de la commode, ceux de l'armoire, sans rien trouver
d'anormal. La plupart des robes de la jeune
femme portaient la griffe d'un couturier de
Jersey City ou de New York et deux combinaisons de nylon avaient été achetées à Norfolk, mais était-ce là un indice ? Norfolk, Philadelphie, ces noms évoquaient évidemment les
deux Américains volatilisés dans une étrange
« flamme froide », à l'auberge de *La Commanderie* de Ventabren, mais existait-il là une
corrélation ? Cela paraissait improbable.

Le journaliste poursuivit l'examen des vêtements, n'en trouva aucun portant la marque
d'un couturier de Philadelphie. En revanche,
sur une gabardine qui paraissait neuve, il re-

marqua une pièce de toile rêche maintenue par deux agrafes sur le bas de la doublure : une marque visiblement apposée par un pressing et que l'employé avait oublié de retirer en rendant le vêtement dégraissé. On pouvait y lire, tracé à l'encre indélibile : *P. Halbrook 2357.* Numéro de référence précédé du nom de la cliente et de l'initiale de son prénom. Ce vêtement, s'il appartenait à Patricia, avait dû être confié au pressing par une personne dénommée Halbrook, et c'était au nom de celle-ci que la fiche correspondant au vêtement avait été rétablie.

— P. Halbrook, répéta machinalement le journaliste. P. cela peut aussi bien vouloir dire Patricia que Paula, Polly, Poul, Peter et bien d'autres prénoms, féminins ou masculins.

Il abandonna l'examen des vêtements et ouvrit la première valise : vide. Les deux autres l'étaient aussi. Quelques romans, sur l'étagère voisine de la couchette ; un calepin et un stylo, près du téléphone et rien d'intéressant dans le carnet soigneusement feuilleté. Ce fut dans le placard jouxtant la porte de la salle de bains qu'il trouva, sous la ceinture de sauvetage orange, un étui en matière plastique d'environ vingt centimètres de côté, doté d'une fermeture magnétique étanche. Il dut exercer une forte traction sur les bords pour parvenir à l'ouvrir. Avec surprise, Gilles en retira un pistolet ; du moins cela ressemblait-il assez à un pistolet, à la différence près que le canon n'était pas en métal, mais en un matériau plastique semblable à du verre bleu ; la détente pouvait être pressée sur

trois positions différentes auxquelles correspondait un poussoir latéral que l'on pouvait
bloquer sur trois crans successifs. La crosse
était nettement plus volumineuse que celle
d'un automatique de calibre 7,65 ; malgré tous
ses efforts, il ne parvint pas à en dégager le
chargeur.

Sur les côtés du pontet, gravés sur l'acier,
apparaissaient la lettre *T* en caractère gothique et un trident. Gilles ne voyait pas du
tout à quelle nation pouvait être attribué
ce curieux pistolet. Il existe évidemment,
dans certains pays, des usines fabriquant certaines armes destinées à la contrebande,
usines qui n'ont jamais été découvertes, telle
celle dont les revolvers, fusils et mitrailleuses,
entre les deux guerres, portaient cette marque
énigmatique : *Amis & Associés*. Mais un *T* gothique et un trident, cela ne correspondait à
rien de connu.

Malgré tous ses efforts, le journaliste ne
parvint pas davantage à faire coulisser la cu-
lasse : le pistolet paraissait être d'un seul
bloc, sans élément mobile, du moins visible
extérieurement. Une arme d'origine extrater-
restre ? Il renonça à cette hypothèse, des extraterrestres ne devant certainement pas utiliser
l'alphabet latin, non plus que le gothique !

Gilles essuya soigneusement l'arme avec son
mouchoir, la replaça dans l'étui et remit celui-
ci sous la Mae West avant de quitter la cabine, déçu et intrigué à la fois par cette découverte insolite. Il s'éloignait dans la coursive lorsqu'un choc sourd suivi d'un gémisse-
ment étouffé lui parvint. Gilles s'arrêta, incré-

dule : ce bruit, assez fort encore qu'atténué par la porte qu'il venait de refermer, provenait à n'en point douter de la cabine de Patricia !

Il mit la clé dans la serrure, ouvrit en hâte... et referma plus hâtivement encore la porte derrière lui, estomaqué par ce qu'il venait d'apercevoir : deux jambes nues étaient visibles depuis le petit hall d'entrée ! Il fit irruption dans la chambre et resta médusé : sur le tapis en haute laine gisait une jeune femme brune dans le plus simple appareil, ses longs cheveux noirs collés par l'eau sur ses épaules et sur ses joues. Car le corps de cette inconnue était ruisselant d'eau, tout comme si elle venait de se doucher !

Machinalement, Gilles jeta un coup d'œil vers la salle de bains, puis haussa les épaules : cela ne faisait pas deux minutes qu'il avait fouillé *aussi* cette pièce ! Il se pencha sur la jeune femme, étendue à plat ventre sur le tapis, et la retourna doucement : elle portait une large ecchymose sur la pommette gauche et, sur l'arcade sourcilière, une petite plaie laissait suinter un filet de sang.

Comment cette inconnue, sans le moindre vêtement, de surcroît, avait-elle pu s'introduire dans cette cabine, fermée à clé et ce, alors même qu'il venait de la quitter ?

Gilles remarqua, sur la cloison de métal de la cabine, à un mètre quatre-vingts du sol, une tache de sang frais d'environ trois centimètres de long sur un centimètre de large. Cela correspondait à peu près à la trace qu'aurait pu laisser sur la cloison l'arcade sourcilière blessée de la jeune femme. Mais comment aurait-elle pu — et pourquoi — se hisser de la sorte pour aller se cogner la tête à cette hauteur ? Il alla à la salle de bains, revint avec une serviette mouillée et l'appliqua sur la blessure, la laissa en tampon afin d'aller fouiller dans la pharmacie à la recherche d'eau oxygénée ou d'alcool. N'en trouvant point, il versa sur la serviette de l'eau de toilette et l'appliqua sur la plaie.

La respiration de la jeune femme redevenait graduellement normale et elle allait reprendre connaissance d'une minute à l'autre. Gilles, de plus en plus perplexe, se caressa le menton et porta l'index sur ses lèvres, pensif, puis il s'étonna de trouver à son doigt un goût salé. Cela ne pouvait être le fait ni de l'eau de toilette ni de l'eau douce du lavabo. Il s'essuya soigneusement les mains à la serviette, passa son index sur l'épaule de l'inconnue et le porta à sa langue : stupéfait, il reconnut le goût caractéristique de l'eau de mer !

Ainsi donc, une minute avant d'entrer — plus exactement de se « trouver » inexplicablement — dans la cabine, cette jeune femme se baignait *dans la mer* ! Sans le plus minuscule maillot et ce au milieu de l'Atlantique !

L'inconnue respira un peu plus fort, comme par saccades, puis elle ouvrit les yeux, laissant filtrer un regard encore trouble sur Gilles Novak. Ses lèvres remuèrent et elle questionna :

— Helmuth ?

— *Ja*, répondit Gilles en allemand, sur une inspiration subite, mais qu'il s'expliqua après coup par une association d'idées avec la lettre *T* gothique de l'arme dissimulée par Patricia.

— Une chance, pour moi, de n'avoir pas commis une plus grave erreur de localisation ! soupira-t-elle. Quelques centimètres de plus à gauche et je mourais... défigurée.

— Une chance, en effet ! confirma celui qu'elle avait pris pour « Helmuth ». Comment est-ce arrivé ?

— J'étais pourchassée par un Kortz.

— Mmm ! mmm ! rumina-t-il, d'un air entendu. Il est heureux que tu aies pu lui échapper !

— Oui, mais qu'il y en ait déjà dans les parages du *Renaissance*, ce n'est pas réjouissant pour nous, Helmuth.

— Ça, c'est vrai, fit-il, sans se compromettre.. Veux-tu... heu !... passer une robe de Patricia ?

Elle secoua la tête, nullement gênée de sa nudité.

— Non, je ne reste ici qu'un instant. Sans ce stupide accident, je serais même repartie aussitôt.

Elle avait, en disant cela, levé les yeux vers le haut du mur où s'étalait la petite tache de sang. Gilles eut du mal à conserver son impassibilité : il croyait comprendre et risqua cette remarque :

— Deux ou trois centimètres plus à gauche, effectivement, *et tu te matérialisais en partie dans la cloison de métal.* Ah ! Ces maudits Kortz !

Soudain, l'expression de la jeune femme se modifia ; elle se releva et se recula vivement, angoissée.

— Tu... Vous n'êtes pas Helmuth !

Horrifiée de sa méprise, elle inclina légèrement la tête de côté, non point pour le dévisager, mais, semblait-il, pour essayer de voir son cou, ses oreilles, peut-être. Désarçonné, Gilles s'approcha.

— Ne redoutez rien de moi, je...

Il tressaillit et battit des paupières : la pièce était vide, *l'inconnue avait disparu !* Il ne restait, de son éphémère présence, qu'une large flaque d'eau de mer sur le tapis et quelques gouttes de sang à l'endroit où elle avait appuyé son arcade sourcilière.

Gilles raisonna, analysa ce qui s'était passé, dérouté par ce départ prématuré : il parlait aussi couramment l'allemand que l'anglais, sa prononciation ne souffrait aucun reproche. Ce n'était donc pas sa conversation qui l'avait trahi... Si, pourtant : le mot *Kortz* lui était absolument inconnu ! Il avait donc dû l'utiliser de façon incorrecte ! La stupeur de la jeune femme, juste avant sa dématérialisation, tendait à confirmer son hypothèse.

Le journaliste ramassa la serviette encore tachée de sang et la considéra, pensif. Il décida de la conserver pour la montrer à Charles et à Régine, lesquels ne manqueraient pas, une fois de plus, de taxer d'absurde son récit !

C'est alors qu'il remarqua, sous la psyché,

une boîte noire, apparemment en matière plastique, autour de laquelle s'étalait une petite flaque d'eau. Une boîte que l'étrange femme nue devait avoir apportée, lors de son apparition dans la cabine et qu'elle avait lâchée en se heurtant un peu trop rudement à la cloison.

Il l'essuya, parvint après tâtonnement à faire jouer le couvercle étanche et trouva, dans des casiers, des disques de la grosseur d'une pièce de cinq francs. Sur leur face supérieure, trois minuscules curseurs coulissaient dans des alvéoles. Il prit l'un d'eux en main, le trouva fort lourd pour son faible volume et le retourna : sur l'autre face, figurait le trident surmonté de la lettre *T* en caractère gothique...

CHAPITRE IV

— Puis-je compter sur vous ?

La blonde hôtesse répondit avec son inaltérable gentillesse.

— Vous pouvez y compter, monsieur Novak. Dans une demi-heure, j'appellerai la personne en question. Bon appétit, monsieur Novak.

Il la remercia et rejoignit ses amis déjà attablés au restaurant... en compagnie de Patricia.

— Patricia étant seule et perdue dans cet immense paquebot, nous l'avons invitée à notre table, annonça le peintre avec une lueur malicieuse dans les yeux.

— Tu as parfaitement bien fait, Charles, et j'en suis vraiment ravi, fit-il en prenant place aux côtés de l'Américaine. Et cette excursion à Tenerife, Pat, cela vous a-t-il plu ?

— Cette île est un véritable enchantement, Gilles. Un minicar nous a même conduits jusqu'au cratère de Las Canadas. Quel dommage que vous vous soyez privé de cette visite !

— Je le regrette, croyez-le bien, mais j'avais fort à faire à bord pour mettre un peu d'ordre dans mes notes et préparer ma seconde conférence.

Retransmise par les haut-parleurs disposés dans la vaste salle de restaurant, la voix de l'hôtesse annonça :

— M. Helmuth est attendu au bureau de l'information... M. Helmuth est attendu au bureau de l'information...

Tout en mangeant, Gilles épiait discrètement le visage de la jeune Américaine. En entendant ce message, elle avait imperceptiblement tressailli, mais sut, cependant, se maîtriser pour paraître plus naturelle.

Quelques minutes s'écoulèrent, et elle parut soudain contrariée.

— J'allais oublier mon médicament, au cours du repas ! Excusez-moi une minute, fit-elle en s'éclipsant.

— Elle est malade ? s'étonna Régine.

— D'inquiétude, oui ! Et si je ne connais pas ce Helmuth que je viens de faire appeler par l'hôtesse, Patricia, en revanche, le connaît sûrement puisqu'elle a trouvé le prétexte de cet « oubli » pour aller jeter un coup d'œil au bureau de l'information, afin d'observer au passage la personne qui est censée l'avoir fait appeler !

— On peut alors en déduire qu'elle connaît aussi la belle « nudiste » qui s'est matérialisée dans sa cabine, pendant que nous étions à terre ? s'enquit Floutard.

— Selon toute vraisemblance, elle la connaît.

— Pourquoi ne vas-tu pas, toi aussi, faire un tour du côté du bureau de l'information afin de voir à qui ressemble ce Helmuth ? s'étonna Régine. Il va certainement s'y rendre, après avoir entendu cet appel.

— En me pointant là-bas, je me serais rendu suspect aux yeux de Patricia. J'ai simplement chargé l'hôtesse de me dire quel est ce passager, lorsqu'il se présentera à la réception. De toute façon, vous avez pu le vérifier vous-mêmes : ledit Helmuth n'est pas dans la salle de restaurant puisque personne ne s'est levé en entendant le message. Il doit donc loger à une autre classe.

Au bout d'une dizaine de minutes, la jeune Américaine revint et s'excusa d'avoir été si longue.

— Je ne trouvais plus mon tube de comprimés, sourit-elle.

Un sourire qui ne parvenait point à effacer complètement une sourde inquiétude, nota Gilles.

Le dîner achevé, les deux couples allèrent fumer une cigarette sur le pont-promenade en admirant, à l'est, les taches sombres des îles

Canaries qui s'éloignaient. On distinguait encore de minuscules points lumineux, le long
des côtes de Tenerife et de Gomera et l'éclat
intermittent d'un phare à éclipses.

— Ce sont les dernières terres que nous
apercevrons jusqu'à notre arrivée aux Bahamas, nota Régine. Et demain, nous changeons
d'hémisphère ! Quel déguisement choisirez-
vous, Patricia ?

La jeune femme, étonnée, ne parut pas avoir
compris la question.

— Il faut se déguiser, quand on passe de
l'hémisphère nord à l'hémisphère sud ?

— Mais bien sûr ! Le « passage de la ligne »
donne lieu à toutes sortes de festivités avec
un cérémonial dont la cocasserie fait la joie
des passagers. Le commissaire de bord sera le
Grand Ordonnateur des Rites de cette tradi-
tion, avec plongeons dans la piscine et autres
fantaisies amusantes.

— C'est ma première croisière, avoua Patricia. J'ignorais cette coutume. Je réfléchirai
au choix d'un déguisement. Avez-vous une
idée à me donner, Gilles ?

— Pourquoi ne pas vous déguiser en
naïade... ou en courant d'air ?

Elle rit à la plaisanterie et ne voulut y voir
aucun sous-entendu mais son esprit paraissait
ailleurs, préoccupé par des sujets beaucoup
moins futiles.

— Si nous allions danser ? proposa Régine.

— Dans un moment, si vous voulez bien,
répondit la jeune Américaine. J'aimerais faire
une petite promenade et fumer encore une
cigarette sur le pont, ajouta-t-elle en prenant

le bras de Gilles, comme pour l'inviter à rester auprès d'elle.

Le peintre et la journaliste les laissèrent donc seuls après être convenus de se retrouver dans le courant de la soirée au grand salon.

Sur le gaillard d'avant, proche de la piscine, Gilles et Patricia s'installèrent sur une banquette, face à la mer. Le rédacteur en chef de *LEM* passa son bras autour des épaules de sa compagne, et celle-ci, laissant aller sa joue contre la sienne, demanda après une hésitation :

— Vous ne voulez pas me faire la primeur de votre prochaine conférence ?

Gilles, qui ne s'attendait pas du tout à cette demande, répondit :

— J'aurais préféré, je l'avoue, un autre sujet de conversation, mais puisque vous semblez vous intéresser particulièrement à l'étrange et à l'insolite, je veux bien vous en dire quelques mots. Je parlerai, demain après-midi, de ce que l'on a coutume d'appeler les « faits maudits », ces phénomènes, ces événements qui, dans leur singularité, leur invraisemblance apparente, défient la raison et l'étroitesse d'esprit de la Science... avec un grand « S » ! Je traiterai également des cas de hantises, de *poltergeist* ou déplacements d'objets — ou apports d'objets — sans le contact ou le concours visible de quiconque.

Il alluma une cigarette, l'offrit à la jeune femme qui l'accepta, en prit une pour lui et enchaîna :

— J'aborderai aussi la fantastique *Philadelphia Experiment*... Vous connaissez ?

Elle consentit à répondre après une seconde d'indécision :

— Oui, j'ai lu un bouquin là-dessus aux *States*. Avez-vous pu... obtenir des éléments nouveaux, dans cette étrange affaire de l'escorteur de la *Navy* qui disparut de Philadelphie pour apparaître spontanément à Norfolk avant de reparaître aussi subitement à son mouillage ?

Gilles garda un instant le silence et biaisa :

— Je préfère, momentanément, ne pas inclure dans ma conférence les éléments nouveaux que j'ai pu recueillir sur cette énigme.

— Vous avez tout à fait raison, Gilles, approuva-t-elle avec un empressement qui ne laissa pas l'intriguer.

— Vous vous passionnez pour l'étrange et... vous ne paraissez pas curieuse de les connaître, ces éléments nouveaux. Pourquoi cette indifférence, Pat ?

— Eh bien, je... Vous devez avoir vos raisons pour agir ainsi et je ne voudrais pas me montrer indiscrète en insistant pour que vous me révéliez ce que vous avez l'intention de taire à vos auditeurs.

— Vous savez, dans deux mois, je compte publier ces révélations dans le prochain numéro de *LEM*, mais j'apprécie votre délicatesse, Pat : la discrétion est une vertu... assez rare, chez les personnes du beau sexe !

Il caressa ses épaules nues, son cou et fit mine de l'embrasser sur l'oreille, mais la jeune femme, sans le repousser, chercha ses lèvres et l'étreignit dans un long baiser.

Gilles se prêta — volontiers ! — à cette manœuvre de dérobade non sans se demander, de plus en plus intrigué, pourquoi cette si belle femme répugnait à recevoir un innocent baiser sur l'oreille ! Il simula un sursaut, interrompit leur baiser et s'exclama, sur un ton angoissé :

— Attention ! Voilà les Kortz !

Patricia s'était dressée d'un bond, scrutant la mer avec anxiété, puis elle se rassit vivement, mal à l'aise, comme prise en faute, pour répliquer avec une moue de reproche dont il ne fut pas dupe :

— Vous m'avez fait peur, Gilles ! Que... que vouliez-vous dire, avec ce... cette exclamation que je n'ai pas comprise ? C'était une blague, bien sûr, mais que signifie-t-elle ?

— Vous ne savez pas ce qu'est un... Kortz ?

— Non. Pourquoi ? Suis-je censée le savoir ?

— A la façon dont vous avez eu peur, *réellement* peur, je pensais que vous saviez ce que Kortz voulait dire. Personnellement, je l'ignore.

Elle garda un instant le silence, tiraillée par des sentiments contraires, puis hasarda :

— Où avez-vous entendu ce... ce terme : Kortz ?

— Dans votre cabine, cet après-midi, fit-il négligemment.

Elle le dévisagea, interloquée.

— Vous... vous vous êtes introduit dans

ma cabine pendant que j'étais avec vos amis à Tenerife ?

— Je n'ai pas dit cela, Pat. Voilà comment les choses se sont passées, fit-il en travestissant quelque peu la vérité. En empruntant la coursive, je remarquai un homme — que je n'avais encore jamais vu à bord — en train de pénétrer chez vous. M'entendant approcher, il a paru affolé et s'est enfui. La porte étant restée ouverte, j'ai risqué un œil.

Il secoua lentement la tête, comme revivant cette scène et soupira :

— Vous n'allez sûrement pas me croire, Pat, tellement ce que j'ai vu est... absurde, invraisemblable...

— Si, continuez, je vous en prie, fit-elle, anxieuse, en prenant sa main qu'elle serra nerveusement.

— Soit. Dans votre cabine, sur la moquette en laine, gisait une jeune femme... entièrement nue et ruisselante d'eau. Elle était blessée à la joue, s'étant cognée contre la cloison en se... *matérialisant chez vous*. Elle avait fait une légère erreur de... localisation, vous comprenez ?

Suspendue à ses lèvres, elle opina distraitement, se troubla et secoua alors négativement la tête.

— Ça ne fait rien, poursuivit Gilles, jouant le jeu pour admettre sa prétendue ignorance. J'ai soigné comme je l'ai pu cette jeune femme brune et elle a repris connaissance en bredouillant qu'elle avait été surprise ou agressée par les Kortz.

Patricia, extrêmement troublée, fronça imperceptiblement les sourcils.

— Pourtant, rien ne l'autorisait à penser que vous comprendriez la signification de ce... mot ?

— Ah ! oui, j'oubliais, fit-il en feignant de se souvenir d'un détail : la jeune femme m'a fait cette confidence parce que, au départ, elle m'a pris pour Helmuth... J'en ai conclu que ce Helmuth aurait dû se trouver, à ma place, dans votre cabine. Est-ce que je me trompe ?

— Comment le saurais-je ? fit-elle avec un haussement d'épaules. Je ne comprends strictement rien à cette histoire. Cette femme a dû se tromper de cabine, tout simplement, et vous...

— Ah ! bon, murmura-t-il avec une naïveté touchante. Parce que, une femme nue passant directement de la mer dans une cabine — la vôtre ou tout autre, qu'importe ? — sans emprunter la porte, cela ne vous surprend pas ? Vous estimez qu'elle s'est simplement trompée de cabine ?

— Je... C'est-à-dire que... Vous embrouillez tout, à la fin ! ronchonna-t-elle en faisant mine de quitter la banquette.

Le journaliste la retint, l'enlaça en la serrant un peu plus fort qu'il ne convenait pour un flirt, sans doute, et la força à rester près de lui.

— Vous ne m'avez pas laissé finir, mon chou. A moins que la fin de l'histoire ne vous indiffère ?

Après une hésitation, elle cessa de se raidir et s'abandonna à son étreinte.

— Pas du tout, Gilles. Vous savez combien je m'intéresse à l'insolite. Ne suis-je pas une lectrice de *LEM* ?

— Dans ces conditions, je continue, dit-il sur un ton dégagé. Lorsque la jeune femme — dont j'ignore le nom — s'est aperçue de sa méprise, elle a disparu. Mais oui, je vous l'assure, elle s'est littéralement évaporée ! Dans sa frayeur des conséquences que pouvait entraîner sa bévue, elle a même oublié de remporter ce qu'elle était venue déposer dans votre cabine... par erreur de localisation, sans doute ?

Patricia le fixa avec, pendant une seconde, une lueur désemparée dans le regard, puis elle parvint à maîtriser son trouble et questionna d'une voix qui se voulait neutre :

— Et qu'avait-elle... déposé, dans ma cabine ?

— Une boîte, une boîte en plastique noir, de cette grosseur, fit-il en écartant les mains.

— C'est suffisamment gros pour ne pas passer inaperçu et je vous garantis que je n'ai rien vu de pareil dans ma cabine lorsque je suis allée m'habiller pour le dîner au retour de Tenerife.

— Vous ne pouviez pas l'apercevoir, Pat. J'ai cru, en effet, plus prudent de la cacher soigneusement.

— Heu !... Où l'avez-vous cachée ?

— Dans votre cabine, naturellement. Je puis vous montrer l'endroit, si vous voulez.

Elle se leva avec une hâte qu'elle regretta aussitôt et essaya de se justifier par une boutade.

— Vous voyez, Gilles, cette vertu de discrétion que vous me prêtiez tout à l'heure
n'exclut pas, parfois, une vive curiosité.

— Rien de plus simple que de la satisfaire,
cette curiosité, mon chou, fit-il en lui prenant
le bras pour l'accompagner.

Un instant plus tard, ils pénétraient dans
la cabine de la jeune Américaine qui la referma soigneusement à clé tandis que Gilles allait
ouvrir le petit placard renfermant la ceinture
de sauvetage. Il en retira d'abord l'étui contenant l'arme mystérieuse et le jeta négligemment sur la couchette, avec un sourire d'excuse.

— Non, ce n'est pas ça. D'ailleurs, vous
le savez bien, n'est-ce pas ?

Une rougeur subite empourpra les joues de
Patricia qui s'empara vivement de l'étui et
le rangea dans le tiroir de sa commode. Le
journaliste fouilla sous la ceinture de sauvetage et saisit enfin la boîte rectangulaire. Il
alla s'asseoir sur la couchette et l'y déposa en
levant sur sa compagne un regard interroga-
teur. Celle-ci, incapable de masquer plus longtemps sa surprise, s'assit à ses côtés et ouvrit
la boîte avec des gestes fébriles. Elle resta un
instant songeuse devant les douze petits disques de métal brillant, ornés de la lettre T en
gothique surmontant le trident et caressa du
bout de l'index les trois minuscules com-
mandes qui ornaient l'autre face.

— Je ne comprends rien à tout cela, Gilles,
mais c'est aussi passionnant qu'une histoire
policière.

Le journaliste s'empara de la boîte et se leva.

— Si vous ne comprenez rien à tout cela — pas plus que moi-même, d'ailleurs — vous ne verrez sûrement aucun inconvénient à ce que je remette cette boîte entre les mains du commissaire de bord ? Qui peut savoir ce que représentent ces disques de métal ?

— Non !

Elle s'était levée, criant presque, la gorge nouée par l'angoisse.

Gilles se rassit, en tenant toujours la boîte sous son bras.

— Je ne suis pas contrariant, Pat, mais j'aimerais comprendre ? Nous nous connaissons peu, c'est vrai, mais vous êtes placée pour savoir que je ne suis pas du côté des Kortz, n'est-ce pas ?

Elle se rassit près de lui, les yeux mouillés de larmes et son émoi subit remua le journaliste qui la prit dans ses bras.

— Pat, mon chou, quel terrible secret essayez-vous de me cacher ?

Elle leva vers lui ses yeux baignés de larmes, noua ses bras autour de sa poitrine et murmura, désemparée :

— Je ne puis rien vous dire, Gilles, *rien*. Plus tard, oui, mais pas aujourd'hui... Ce serait prématuré et cela mettrait vos jours en danger que de connaître ce secret. Vous ne savez rien et cela vaut mieux.

— Je sais tout de même que vous êtes... une amie de cette jeune femme qui m'est apparue, nue, dans cette cabine. Nue comme vous l'étiez vous-même lorsque vous avez plongé dans l'océan, après avoir dialogué avec ce dauphin qui vous a ensuite servi de... disons de monture, lorsque vous avez gagné les profondeurs, à califourchon sur lui. Et pourtant, le lendemain matin, vous étiez de nouveau dans votre cabine, où un steward vous apporta votre petit déjeuner. Vous le voyez, je sais tout de même pas mal de choses.

Patricia se dégagea de son étreinte et fit quelques pas dans la cabine, en se mordillant les lèvres, anxieuse, hésitant sur une décision à prendre. Elle revint s'asseoir sur la couchette, ouvrit la boîte et dégagea le casier contenant les douze disques de métal. Dans le compartiment inférieur ainsi mis au jour, elle prit une rondelle rosée, couleur chair, d'un diamètre supérieur à celui des petits disques et y colla en son milieu l'un de ces mystérieux objets.

— Ne me posez pas de question, Gilles, mais pour votre sécurité, il *faut* que vous colliez ce... disque, avec sa rondelle adhésive, au creux de votre plexus et que vous gardiez cela en permanence, jour et nuit.

— Je ne devrai tout de même pas le conserver en prenant ma douche ou en me baignant dans la piscine ?

— J'ai dit jour et nuit, *Sweetheart*. Ne craignez point qu'il se détache de votre épiderme. Cette substance est organique ; elle fera corps avec votre peau et la rondelle en prendra rapidement la coloration fidèle. Déboutonnez votre chemise...

Fortement intrigué, le journaliste obéit et

présenta son plexus à la jeune femme qui, après avoir exercé une poussée sur les trois minuscules curseurs, logés en creux dans le disque, appliqua sur sa peau la rondelle adhésive. Elle l'y maintint pendant plusieurs minutes en pressant soigneusement les bords souples de cette matière rosée qui contrastait avec le bronzage du journaliste.

— Cela détonne un peu avec le reste ! sourit-il.

— Demain, nul ne pourra soupçonner que vous portez cet objet sur votre poitrine, chéri. La substance organique aura pris l'exacte coloration de votre peau par assimilation de ses pigments.

Gilles promena ses doigts sur le plexus de la jeune femme, mais, sous le léger tissu du chemisier, il ne perçut que le doux contact de son épiderme et s'en étonna.

— Vous ne portez donc pas de... disque, vous-même ?

— Je n'en ai pas besoin, Gilles. Moi, c'est... différent.

— Quel genre de protection devrais-je attendre de ce disque métallique ? Me protégera-t-il des... Kortz, par exemple ?

— Kortz est le singulier de Kortzuun, sourit-elle. Ne commettez plus cette faute.

La voilà donc, l'erreur qui l'avait trahi aux yeux de l'inconnue matérialisée dans cette cabine ! constata-t-il *in petto*.

— Nous appelons ces disques des « intégrateurs de structure ». Leur protection est efficace, Gilles, vous pouvez vous y fier en toute confiance. Du moins après un certain entraînement. Avez-vous un maillot sur vous ?

— Pardon ? fit-il, interloqué. Vous voulez dire un maillot de bain ?

— Oui.

— Non, je n'ai pas de maillot de bain. Je n'avais pas prévu que vous souhaiteriez prendre un bain de minuit dans la piscine ! plaisanta-t-il. Mais je puis aller en mettre un.

— C'est cela, Gilles. Et revenez ici, avec vos vêtements sous le bras.

Elle rit de sa stupeur et confirma :

— Oui, oui, tous vos vêtements, et n'oubliez pas vos chaussures. A moins que vous ne soyez gêné de vous promener le soir, en maillot, dans les coursives ?

— Nullement, il n'est pas rare que des touristes aillent se baigner la nuit, si cela leur chante ! Sur un paquebot tel que le *Renaissance*, le passager est roi ! Bon, je reviens vous chercher dans quelques minutes puisque nous logeons sur le même pont et de surcroît sur la même coursive.

Lorsqu'il revint prendre la jeune femme, celle-ci avait troqué son ensemble contre un maillot deux-pièces des plus exigus, d'un magnifique bleu turquoise. En prenant le chemin de la piscine — où ils espéraient bien n'avoir point de compagnie indiscrète — ils croisèrent le petit monsieur chauve qui eut un haut-le-corps en voyant paraître ce couple en maillot, à 23 heures. Mais sa stupeur se mua presque en suffocation lorsqu'il reconnut Gilles Novak. Il se plaqua contre la paroi pour les laisser passer, comme s'il avait craint le contact de pestiférés.

Gilles le salua très courtoisement et lui lança au passage :

— L'eau est très bonne, vous savez ? Un bon bain de minuit ne vous tente pas ?

Après avoir bégayé une série de « Oh ! » de stupéfaction, le vieux monsieur chauve rajusta ses lorgnons désuets pour éructer :

— Quelle indécence ! Je... je me plaindrai à la compagnie !

— Vous aurais-je offensé, monsieur ? hasarda le journaliste, faussement contri.

— Profondément, monsieur, profondément !

— En ce cas, je vous laisse le choix des armes.

Et sur cette boutade qui laissa l'irascible touriste sans voix, le couple, en pouffant, gagna le pont et la piscine, fort heureusement déserte.

— Je vous laisse non pas le choix des armes, Pat, mais l'initiative de cet entraînement, sourit-il.

— La première étape est fort simple : il suffit de se mettre à l'eau.

Imitant la jeune femme, il plongea à sa suite, remonta à la surface et se passa les doigts dans les cheveux d'un geste machinal à la plupart des nageurs.

— Ensuite ?

Patricia promena un regard circulaire pour s'assurer que les abords de la piscine étaient bien déserts, puis elle fit quelques mouvements pour venir se placer derrière le journaliste.

— Voilà, je vais passer mes bras autour de votre poitrine, les mains bien à plat sur votre torse. Ne parlez plus et essayez de faire le vide en vous... Décontractez-vous.

Gilles sentit sur sa poitrine les mains de la jeune femme, posées bien à plat et, dans son dos, malgré la fraîcheur relative de l'eau, il ne tarda pas à ressentir sur sa peau la tiédeur de l'épiderme de Patricia qui se collait littéralement à lui. D'une voix basse, elle reprocha :

— J'ai dit : faites le vide en vous, Gilles ! Vous... pensez à des choses auxquelles vous ne devriez pas penser ! Je sais, ce n'est pas facile au début, mais persuadez-vous bien que cet entraînement pourra peut-être, un jour, vous sauver la vie...

— Je ne pense plus, promit-il en se rendant pourtant compte combien cela lui était difficile, eu égard à l'étreinte de sa compagne.

Il éprouva peu à peu une sensation de frissons sur tout le corps et, pendant une seconde, son esprit se brouilla, puis il eut l'impression de perdre l'équilibre et cligna des yeux, aveuglé soudain par une lumière trop vive. La pression des mains sur son torse s'était accentuée et il réalisa, successivement, plusieurs choses assez effarantes : tout d'abord qu'il ne se trouvait plus dans la piscine, mais, ruisselant, dans la cabine de Patricia. Seconde constatation, plus embarrassante, il n'avait plus de maillot, c'est-à-dire plus rien ! Un léger vertige le fit tituber et oublier un instant sa gêne.

Patricia, derrière lui, le soutint, l'entraîna

vers la salle de bains et lui donna un peignoir en tissu-éponge qu'elle l'aida à enfiler. Après quoi seulement et sans manifester la même pudeur que lui, elle noua autour de sa taille une serviette-éponge et en prit une autre pour s'essuyer.

— Déroutant, n'est-ce pas ? La téléportation agit toujours ainsi, la première fois. Venez vous asseoir, Gilles...

Ils s'assirent sur la couchette et Gilles se peigna tant bien que mal avec ses doigts en fourche. Il demeurait hébété, hésitant à admettre la réalité de l'expérience qu'il venait de vivre.

— Mais comment est-ce possible, Pat ? Pour vous, je l'admets, vous êtes... *différente*. Mais *moi* ?

Elle écarta les pans du peignoir de bain dont il était revêtu et appuya son index sur le disque recouvert de cette curieuse substance couleur chair qui, depuis son application, une demi-heure plus tôt, avait déjà altéré sa couleur pour se rapprocher de celle de son épiderme bronzé.

— Vous avez pu vous téléporter, avec mon aide, grâce à ce disque : l'intégrateur de structure. Au début, il vous faudra avoir recours à mon contact physique...

— Ce n'est pas désagréable, sourit-il.

— Je sais, du moins je l'imagine à partir des... sensations que j'ai moi-même éprouvées, avoua-t-elle sans fausse honte. Après deux ou trois essais, je pense que vous pourrez vous débrouiller tout seul.

— Mais pourquoi sommes-nous allés dans la piscine ? L'inverse ne pouvait-il s'opérer ? Ne pouvions-nous pas nous... dématérialiser ici, dans cette cabine, pour nous rematérialiser dans...

Il s'interrompit, comprit son erreur et éclata de rire.

— Où avais-je la tête ! En opérant de la sorte, nous nous serions retrouvés — *sans maillot* — dans la piscine ! Assez gênant, ensuite, d'en sortir tout nus pour revenir ici !

— Oui, c'est là l'inconvénient des expériences préliminaires, mais par la suite, lorsqu'on pratique couramment la téléportation, on peut sans difficulté se... *déplacer* habillé.

— Pas toujours, si j'ai bonne mémoire ? questionna-t-il, ironique.

Elle le regarda curieusement et comprit son allusion.

— Pas toujours, c'est vrai. Une violente émotion, voire une pensée parasite, à la seconde même de la téléportation, entraîne parfois un transfert trop rapide dont le « champ de translation » ne s'étend pas aux vêtements... et l'on se retrouve nu, ailleurs... ou temporairement bloqué, en état d'invisibilité sur le lieu même du « départ ».

— Et c'est ce qui vous est arrivé dans ma cabine, l'autre jour, quand je suis entré au moment où vous fouilliez mes bagages ! fit-il non plus mécontent mais amusé. La frayeur de vous savoir surprise vous a « bloquée », invisible mais *présente* dans ma cabine, tandis que votre ravissant maillot tombait à vos

pieds. Je l'ai ramassé, suis allé le porter au
bureau de l'information, vous laissant dans
l'état de notre mère Eve et fort embarrassée.
Pas pour longtemps, d'ailleurs, puisque vous
m'avez... « emprunté » un sweater et un pantalon pour rejoindre votre cabine. Au fait, vous
pourrez aller le récupérer, votre maillot. Quant
aux nôtres, qui gisent au fond de la piscine,
nous les repêcherons demain matin.

— Non, Gilles, nous allons les récupérer
tout de suite et cela constituera votre seconde
épreuve d'entraînement.

— Mmm ! mmm ! rumina-t-il, pensif. Et si,
entre-temps, quelqu'un est allé se baigner ? Si
nous apparaissons dans l'eau à ses côtés, mais
dans le plus simple appareil ?

— En ce cas, je ne vous lâcherai pas et nous
réintégrerons spontanément ma cabine. Et cela
sera votre troisième épreuve, rit-elle en se levant pour jeter sur la couchette la serviette
qu'elle gardait autour de la taille.

Elle se plaça, comme pour la première fois,
derrière le journaliste qui s'était, lui aussi,
débarrassé de son peignoir de bain et appliqua
ses mains sur son torse. Sans avoir besoin
de nouvelles consignes, Gilles s'efforça de faire
le vide dans son esprit. Il crut pendant un
instant que cet exercice présenterait davantage
de difficulté, en raison de leur nudité respective et des trains de pensée... « parasites »
qu'un tel état suscitait chez lui ; puis il éprouva, pratiquement sans transition, un léger vertige et soudain le froid contact de l'eau sur
tout son épiderme. La jeune femme relâcha

son étreinte et, rassurés, ils se retrouvèrent seuls dans la piscine.

Tous deux nagèrent sous l'eau à la recherche de leurs maillots, les trouvèrent aisément et s'en revêtirent. Heureux de ce bain, ils nagèrent un long moment et, sur le point de suggérer à Gilles de retourner chez elle, Patricia vit marcher, sur le pont, dans leur direction, le peintre Floutard et Régine Véran.

Ces derniers venaient de s'arrêter, surpris, en voyant ce couple s'ébattre dans l'eau au milieu de la nuit, mais lorsqu'ils reconnurent leurs amis, ils se hâtèrent d'aller s'accroupir au bord de la piscine.

— Nous pouvions toujours vous attendre ! Vous n'avez pas honte, de laisser vos petits camarades tout seuls ? plaisanta Floutard.

— Nous nous entraînions, avoua le journaliste après un coup d'œil à sa compagne qui, d'une mimique, lui fit comprendre qu'elle préférait prendre le relais.

— Un entraînement que je me promettais de vous faire subir à tous deux, expliqua-t-elle.

— Et cela consiste en quoi, cet entraînement ?

Patricia se hissa hors de l'eau, prit pied sur le bord de la piscine, imitée par Gilles et enchaîna :

— Venez dans ma cabine, tout à l'heure et je vous donnerai d'autres détails...

Elle se plaça derrière le journaliste, se plaqua contre lui, les mains à plat sur sa poitrine et, sous les regards perplexes de leurs amis, elle ajouta :

— En venant nous rejoindre, soyez gentils, rapportez-nous nos maillots.

Il y eut deux *flocs* mous sur le pont et, du couple, il ne subsista plus que les maillots, aux pieds de Floutard et de Régine. Estomaqués devant cette disparition, celle-ci avait poussé un cri strident pour se jeter dans les bras de son compagnon, qui se mit à bégayer :

— Tututu... Tu as vu cococo... comme mmmmoi ?

Du bout de son escarpin, Régine écarta les maillots trempés et hoqueta comiquement :

— Pas de doute ! Ils ne... ne sont plus dedans !

Un steward accourait, attiré par le cri de la jeune femme. Le peintre se hâta de le rassurer.

— Ce n'est rien, ce n'est rien. Nous avons trébuché et... failli nous flanquer à l'eau...

Il se baissa, ramassa prestement les deux maillots et, bredouillant un remerciement au steward, il fit disparaître les maillots mouillés dans son dos.

Le peintre prit le bras de la jeune femme qui chancelait d'émotion et l'entraîna en bougonnant :

— Ben ça, alors ! Ben ça, alors ! Tu y comprends quelque chose, toi ?

— Je comprends surtout que, si l'on ne m'explique pas ce truc ahurissant, je crois que je vais devenir folle ! Tiens, je vais leur dire un mot, à ces deux-là !

Ce fut elle qui l'entraîna, non plus chancelante, mais décidée et animée par un senti-

ment de colère. Parvenue devant la porte de
la cabine 256, la journaliste frappa et entra
d'autorité.

Gilles et sa compagne, tous deux en peignoir
de bain et fumant une cigarette, eurent du
mal à conserver leur sérieux devant la mine
à la fois courroucée et stupéfaite de leurs vi-
siteurs.

— Asseyez-vous, conseilla Patricia en désignant les deux fauteuils. Vous avez droit à
des explications. Je ne pourrai pas tout vous
dire, Gilles a d'ailleurs compris la nécessité
pour moi de tenir certains points dans l'ombre, mais vous saurez ce que, pour l'instant,
vous pouvez et *devez* savoir.

Et la jeune femme relata en détails les événements de ces dernières heures, aidée en cela
par le rédacteur en chef de *LEM* qui exposa,
en les éclaircissant, certains faits demeurés
pour eux jusqu'ici sans solution.

La jeune Américaine commanda par téléphone quatre scotches et le steward ne tarda
pas à apporter, sur un plateau, une bouteille
de Cutty Sark, des verres et un seau de gla-
çons. Lorsqu'il fut ressorti, Régine soupira, en
remuant la tête.

— Si je ne vous avais pas vus, tous les
deux, vous évaporer sous nos yeux, jamais je
n'aurais gobé une histoire aussi invraisemblable !

— Pour vous ôter le moindre doute, je
vais vous appliquer, à tous les deux, l'un de
ces intégrateurs de structure.

Charles Floutard, sans hésitation, débou-
tonna sa chemise.

— D'accord, Patricia, mais je me demande pourquoi vous faites ça pour nous. Bon, j'ai compris que des méchants voulaient vous faire des misères, mais nous sommes là, pas vrai, Gilles ?

Amusée par la fougue et par la bonne volonté autant que par l'accent méridional du peintre, l'Américaine sourit en ouvrant la boîte qui abritait ces disques de métal aux si étranges propriétés.

— C'est justement parce que j'ai des ennemis et que je sais pouvoir compter sur votre aide que je tiens à vous accorder le maximum... d'efficacité. Ces disques seront peut-être votre sauvegarde...

Elle appliqua sur le plexus du peintre l'intégrateur collé à la rondelle adhésive et répéta l'opération sur Régine qui venait, elle aussi, de dégrafer sa robe.

Au bout de quelques minutes, les deux minuscules appareils étaient solidement collés à leur peau, et ils purent remettre de l'ordre dans leur tenue tandis que Gilles, ses vêtements sous le bras, passait dans la salle de bains pour se rhabiller.

A peine venait-il de repousser la porte qu'un cri de Régine le fit tressaillir. Un cri de terreur indicible...

CHAPITRE V

Surgi du néant, un homme blond, de haute stature, venait de se matérialiser au milieu de la cabine. Revêtu d'un collant de couleur métallisée, chaussé de courtes bottes, il braquait sur le peintre et les deux jeunes femmes une sorte de pistolet à canon transparent bleuté. Sur sa poitrine, un gros écusson rouge s'ornait de la lettre *K*, en caractère gothique.

La bouche aux lèvres minces plissée dans un rictus sardonique, il prononça en français, mais avec un léger accent allemand :

— Navré d'interrompre votre petite sauterie, Patricia...

Il laissa errer ses yeux gris sur le plateau et les verres, puis fixa la boîte noire renfermant les disques intégrateurs de structure, ouverte sur la couchette.

— Je vois que vous avez déjà commencé la distribution, j'arrive donc à point.

Floutard, qui avait gardé en main son verre de scotch, parvint à esquisser un sourire ironique.

— Vous prendrez bien un verre ?... Patricia, peut-être pourriez-vous faire les présentations ?

— Inutile de railler, Gilles Novak ! gronda l'inconnu en pointant plus particulièrement son arme sur le peintre qu'il avait pris pour le journaliste... resté dissimulé dans la salle de bains.

— Vous connaissez mon nom ? s'étonna Floutard en se gardant bien de le détromper.

— Donc, je ne me suis pas trompé, ricana l'intrus. Cela m'évitera l'inconvénient de vous rechercher à bord pour récupérer votre intégrateur ! Posez ce verre et levez les mains, Novak !

Charles Floutard, avec un haussement d'épaules, se baissa pour déposer son verre, mais un geste — volontairement maladroit — lui fit rater la table basse et le verre chuta sur la moquette, détournant, pendant une fraction de seconde, l'attention de l'inconnu.

A l'affût dans l'entrebâillement de la porte de la salle de bains, c'était là ce que Gilles attendait pour bondir sur l'homme au collant métallisé. Le tranchant de sa dextre s'abattit sur le poignet qui tenait l'arme tandis que Floutard, encore baissé, fonçait sur l'adversaire et lui donnait un formidable coup de tête dans l'estomac. Le journaliste enserra aussitôt son cou dans son bras replié. Il lâcha immédiatement sa prise et lui administra sur la nuque une manchette capable de faire l'admiration d'un manager à la recherche d'un « poulain » !

Cassé en deux, la respiration coupée et le visage congestionné, le blond s'écroula sur la moquette. Floutard, en soufflant, se repeigna machinalement de la main et fit un clin d'œil à son ami.

— Pas mal, le coup du sandwich ! Manquait plus que la moutarde pour qu'il se prenne pour une saucisse de Strasbourg ! Té ! regarde un peu, il en a même la couleur !

— J'ai surtout apprécié ton calme, Charles, sourit le journaliste. Pas un seul instant tes yeux ne se sont portés sur l'entrebâillement de la porte derrière laquelle j'attendais le moment propice pour agir.

Avec une moue modeste, le peintre soupira :

— Tu sais bien que, à présent, je n'ai plus d'yeux que pour Régine... A laquelle j'avais d'ailleurs promis de faire de l'exercice. Eh bien, voilà qui est fait !

Gilles ramassa l'arme de l'agresseur, la reconnut identique à celle que possédait la jeune Américaine et, en la glissant dans sa poche, il questionna :

— Qui est cet homme, Pat ? Un Kortz, j'imagine ?

Et, disant cela, il désignait l'écusson orné de la lettre *K*, en caractère gothique.

— C'en est un, oui, avoua-t-elle, angoissée. Et pour qu'il se soit matérialisé exactement au milieu de ma cabine, c'est qu'il en connaissait la localisation parfaite. J'ai peur de comprendre...

— Nous, voyez-vous, cela nous ferait plutôt *plaisir* de comprendre !

Elle inclina la tête, à la question du journaliste, et répondit avec tristesse :

— Cette jeune femme, que vous avez vue « apparaître » ici même, était la seule à connaître ma cabine. J'en déduis que les Kortzuun l'ont capturée... et lui ont arraché ce secret — et d'autres — par la torture.

— Mais c'est abominable ! s'exclama Régine, effarée.

— Qui sont les Kortzuun, Pat ?

Cette dernière eut un mouvement d'agacement, vite réprimé.

— Ce sont nos ennemis, Gilles. Les miens et les vôtres, mais ne m'en demandez pas davantage, pour l'instant. Vous savez que je ne *peux pas* vous en dire plus. Je sais combien ce mutisme obstiné doit être irritant pour vous ; je vous demande seulement de me faire confiance, de patienter quelques jours encore.

— Soit, agréa Gilles sans enthousiasme en posant ses yeux sur le Kortz évanoui. Lors de sa téléportation, cet homme n'était pas *dans la mer* puisque son survêtement est complètement sec. D'où venait-il ?

La jeune Américaine essaya de sourire en reprochant doucement :

— Vous sembliez avoir accepté la nécescité où je suis de garder le silence, Gilles. L'auriez-vous oublié ?

— Bon, intervint le peintre. Qu'est-ce qu'on en fait, de celui-là ? On le jette aux poissons ?

— Il n'y a pas d'autre solution, Charles, confirma l'Américaine. Mais il faut auparavant le débarrasser de son uniforme et le conserver. Ce tissu blindé à l'épreuve des balles est bien trop précieux.

Elle consulta sa montre-bracelet.

— Une heure trente du matin. Il ne doit plus y avoir grand monde sur le pont. Aidez-moi à le dévêtir.

Dissimulée sous un rabat de tissu, un fermeture magnétique barrait en diagonale — de l'épaule droite à la hanche gauche — le collant d'uniforme du Kortz. Ils parvinrent, non sans mal, à le lui enlever, ainsi que son ceinturon et ses bottes, et l'homme apparut en sous-vêtements marqués, eux aussi, de la lettre *K* en gothique.

Remué en tous sens, le Kortz revint lentement à lui et battit des paupières pour arrêter finalement son regard sur son arme que Gilles braquait sur lui.

— Puisque tu t'es réveillé un peu trop tôt, autant que tu saches la vérité : Gilles Novak, c'est moi, mais je n'en veux absolument pas à mon ami Floutard d'avoir usurpé mon identité ! Maintenant, si tu nous disais ce que tu es venu faire ici, nous t'écouterions avec recueillement.

Le Kortz eut un ricanement méprisant à l'adresse de la jeune Américaine.

— Comment, Patricia, tu n'as encore rien dit à tes... complices ? Tu leur as pourtant donné, à chacun, l'un de ces intégrateurs de structure.

Le Kortz fixa ensuite le journaliste.

— Patricia vous a-t-elle dit que ce vêtement que vous venez de m'enlever était, en fait, un uniforme ? Celui de la police des Kortzuun ? Elle ne vous a pas dit pourquoi nous la traquions, elle et sa complice dont nous savons qu'elle a tenté de se réfugier sur le *Renaissance* ? J'imagine qu'elle a dû vous conter quelque mensonge bien étudié pour se faire passer, à vos yeux, pour une victime ?

Désarçonné, le journaliste échangea un regard avec ses amis tandis que la jeune Américaine, bouleversée, jetait d'une voix rauque :

— Ne l'écoutez pas, Gilles ! C'est un Kortz, notre pire ennemi à tous et je vous jure...

— C'est *moi* que vous devez croire et non pas cette criminelle ! s'insurgea-t-il. J'ai ordre de l'arrêter pour mettre un terme à ses agissements qui nuisent autant à vous qu'à nous-mêmes !

Etrange cas de conscience qui venait d'éclater chez le journaliste et ses compagnons. Se pouvait-il qu'ils eussent été abusés par cette femme, bien mystérieuse, en vérité ?

— Je parie même qu'elle projetait de m'abattre avant de jeter mon cadavre à la mer ! Est-ce que je me trompe ?

Troublé, Gilles Novak se releva, sans toutefois lâcher son arme. Qui devait-il croire ? Certes, une idylle s'était amorcée, entre lui et Patricia, mais cela ne suffisait pas — bien au contraire — à la laver de tout soupçon. Calculatrice, et pour des raisons qui lui échappaient, elle avait fort bien pu jouer les amoureuses pour mieux le leurrer !

— Par pitié, Gilles, il faut me croire ! supplia-t-elle, les larmes aux yeux. Ce Kortz a torturé, tué sans doute, mon amie Dora, cette jeune femme venue m'apporter au péril de sa vie ces intégrateurs de structure ! N'est-ce pas là une preuve suffisante ?

— Belle preuve, en vérité ! gronda le Kortz. Il vous fallait gagner la confiance de Novak et de ses amis ! Et quel meilleur gage pouviez-vous leur donner de votre prétendue sincérité si ce n'était, pour chacun d'eux, l'attribution d'un intégrateur de structure ? Très impressionnant, n'est-ce pas, de pouvoir...

Le Kortz laissa sa phrase en suspens avant de lâcher un juron. A la seconde même, Patricia Gaulton venait de disparaître. Son peignoir de bain s'était affaissé, formant un tas inerte sur la moquette.

— Voilà ce que vous avez fait ! maugréa le Kortz en se relevant, furieux. Par votre faute, cette criminelle m'échappe !

Troublé, Gilles s'était reculé sans lâcher son arme, imité par le peintre et sa compagne.

Le Kortz — un peu ridicule en sous-vêtements — soupira :

— Evidemment, vous devez être fort embarrassés et ne savez plus qui croire. Pourtant, la fuite de Patricia devrait vous éclairer. Si elle était aussi innocente qu'elle le prétendait, elle se serait défendue avec acharnement, m'aurait accusé des pires méfaits !

— Soit ! Nous sommes assez perplexes, confessa le journaliste, mais cela ne vous blanchit pas pour autant. Qui êtes-vous exactement ?

Le Kortz parut soudain se cabrer ; les yeux démesurément agrandis, la bouche ouverte, il exhala un râle sourd et s'effondra... un poignard enfoncé jusqu'à la garde sous l'omoplate gauche !

Instantanément, Patricia se matérialisa et, sans hâte, nullement gênée par sa totale nudité, elle ramassa son peignoir de bain pour s'en recouvrir avant de faire face à Gilles et à ses amis.

— Je n'avais pas le choix ! Ce Kortz, grâce

à sa ruse, a bien failli — s'il n'y est pas tout à fait parvenu déjà — jeter le trouble dans votre esprit à mon endroit. Croyez bien, cependant, que si j'étais, comme il l'insinuait, une criminelle, je me serais bien gardée de reparaître parmi vous.

— Ce... poignard, où l'avez-vous pris ?

— Je redoutais une attaque des Kortzuun depuis l'embarquement à Marseille, Gilles. A cet effet, j'ai dissimulé deux poignards à lame très effilée et deux pistolets thermiques, fit-elle en désignant du menton l'arme que le journaliste gardait au poing. Je les ai cachés en divers endroits du navire où je savais pouvoir, en cas de nécessité, les récupérer instantanément, grâce à mes facultés de téléportation. Et, pour preuve de ma bonne foi, je vais vous désigner leurs cachettes respectives. Le second poignard à garde magnétique est collé sous la rambarde du gaillard d'avant, à tribord. Celui dont je viens de me servir était à bâbord. Quant aux deux pistolets — outre celui que vous connaissez et qui reste dans ma cabine — ils sont plaqués, grâce à des pastilles magnétiques fixées à leur étui étanche, dans la bouche d'amenée d'eau des deux piscines. Tout à l'heure, en entraînant Charles et Régine dans leurs premiers exercices de téléportation, vous pourrez vous en assurer, vérifier que je n'ai pas menti.

Gêné, le journaliste objecta :

— Ce n'est pas là, tout à fait, une preuve formelle de votre bonne foi, Pat, reconnaissez-le.

— C'est vrai, admit-elle loyalement. Mais

quelle autre preuve pourrais-je vous fournir ? Cette idée m'obsède, depuis l'intrusion de ce maudit Kortz et je n'arrive pas à trouver le moyen de vous convaincre.

— Bon, remettons cela à plus tard, suggéra le peintre. Vous n'allez pas achever la croisière avec cet encombrant passager dans votre cabine, n'est-ce pas ? Alors, qu'attendons-nous pour le jeter par-dessus bord ?

Gilles se rangea évidemment à cet avis ; tandis que Régine et Patricia allaient chacune se poster à l'une des extrémités de la coursive, pour faire le guet et, le cas échéant, détourner l'attention d'un gêneur, les deux hommes transportèrent leur macabre fardeau. Sur un signe de la journaliste, ils sortirent sur le pont découvert et, en toute hâte, le firent basculer par-dessus bord. Après un plouf sonore, le cadavre remonta en tourbillonnant lentement, bras et jambes écartés, en s'éloignant, rapidement distancé par le navire.

— Qu'est-ce que tu en penses, Gilles ? demanda Floutard à mi-voix en retournant, accompagné de Régine, vers la cabine.

— Au point où nous en sommes et ignorant tout de Pat aussi bien que des Kortzuun, nous sommes forcés d'entrer dans le jeu de... notre professeur de « téléportation » ! Du moins, jusqu'à plus ample informé. Par la suite, d'autres éléments nous permettront peut-être de nous faire une opinion plus claire.

Patricia, postée à l'autre extrémité de la coursive, revint les rejoindre, et ils s'enfermèrent de nouveau dans la cabine.

— Merci, murmura-t-elle. Je n'oublierai pas

ce que vous avez fait et risqué pour moi. Charles, Régine, êtes-vous prêts à vous entraîner, à effectuer votre première téléportation ?

Un coup léger, suivi d'une série de raclements, contre la porte, les fit se dresser, sur le qui-vive. Gilles avait prestement sorti le pistolet thermique de sa poche. Il s'approcha de la porte, l'ouvrit brusquement et, dès l'abord, ne vit personne. Ce fut seulement en baissant les yeux qu'il aperçut, au ras du sol, une main de femme agitée de frémissements. Rejoint par ses amis, il sortit et resta une seconde frappé de stupeur : le dos zébré de sillons sanglants, une femme brune, sans le moindre vêtement, gisait dans la coursive !

Ils la transportèrent dans la cabine pour l'étendre sur la couchette. Eberlué, Gilles reconnut alors la belle créature qui, une fois déjà, s'était matérialisée ici même. Bouleversée, Patricia se pencha sur elle.

— Dora !

Très pâle, le buste, les seins balafrés de blessures dont le sang coagulé formait de larges plaies noirâtres, elle ruisselait d'eau. Patricia écarta doucement ses cheveux, collés à son visage exsangue. Peu à peu, la malheureuse respira plus rapidement, ouvrit les yeux. Reconnaissant son amie, Dora murmura d'une voix brisée :

— Les Kortzuun m'ont... capturée... torturée...

Elle eut un sanglot douloureux.

— Ils m'avaient droguée pour... m'interdire toute... téléportation. J'ai dû leur donner les...

coordonnées de localisation de... ta cabine.
Pardonne-moi. Je n'ai pas pu me...

— Cela ne fait rien, Dora, ne te tourmente
pas ainsi, murmura la jeune Américaine en
retenant ses larmes.

— Tu me comprends, Patricia ?... Il fallait
que... je leur donne un renseignement exact
pour... gagner du temps et préserver nos des-
seins. Je te savais sur tes gardes... et espérais
que tu ne te laisserais pas prendre au piège...

Patricia opina, émue.

— Je l'étais, en effet. Un Kortz est venu
tout à l'heure. Il a même tenté de me dis-
créditer auprès de mes amis, d'inverser les
rôles. Nous avons pu nous en débarrasser.
Mais comment as-tu fait pour t'évader ?

— J'ai feint un long évanouissement, après
qu'ils m'eurent battue. Je voulais récupérer...
avant de me téléporter auprès de toi... J'étais
trop faible pour risquer une intégration directe, dans ta cabine. J'ai dû me contenter
du pont du *Renaissance*. J'avais davantage de
chances de réussir... mais cela m'a épuisée.
J'ai rampé, sur le pont et...

— Ne parle plus, Dora. Tu vas te reposer.
Nous alons soigner tes blessures. C'est un
miracle que tu aies pu, d'une seule translation, te téléporter de la prison kort jusqu'ici.

Dora secoua lentement la tête et exhala,
dans un souffle :

— J'ai dû m'y prendre en... deux... étapes.
Pour la seconde, les dauphins m'ont aidée. J'ai
dû défaillir, lancer peut-être un appel de détresse et, de toutes parts, ils ont reflué vers

moi... tandis que d'autres se battaient contre les *K* qui montaient la garde autour de...

— Ne parle plus, je vais chercher des médicaments et nous allons te soigner.

Ayant dit cela, Patricia noua autour de sa taille la ceinture de son peignoir de bain — dans le dos duquel était inscrit le nom du *Renaissance* — et elle disparut instantanément, de même que le peignoir, cette fois. Elle se matérialisa dans l'infirmerie et se dirigea vers l'une des armoires à médicaments. Elle finit par trouver une pommade cicatrisante à la pénicilline, chipa un tonicardiaque, une boîte chromée avec seringue et aiguilles et fit main basse sur un puissant reconstituant.

Ce larcin — vital ! — accompli, elle réapparut dans sa cabine pour trouver ses amis bouleversés. Appréhendant le pire, elle se précipita auprès de Gilles, au chevet de son amie. Celui-ci remua tristement la tête.

— La pauvre fille est morte, quelques minutes seulement après ton... ton départ.

Patricia, le front sur l'épaule du journaliste, fut secouée par un sanglot.

— Vous... T'a-t-elle parlé ?

— Elle a essayé, Pat. Elle a murmuré : « N'allez pas au... » Les mots se sont bloqués dans sa gorge ; Dora, dans un dernier effort, s'est soulevée sur un coude, cherchant désespérément à nous dire, à nous faire comprendre quelque chose... En vain. C'était fini.

Il caressa doucement les cheveux de la jeune femme qui pleurait sur son épaule et l'aida à se relever.

— As-tu idée de ce que signifiait sa mise
en garde ?

— Non, Gilles, pas plus que toi, murmura-
t-elle, effondrée par la perte de son amie.

Elle se leva lentement.

— C'est une chose atroce pour moi, Gilles,
mais nous devons nous... défaire du cadavre
de cette pauvre Dora.

— La mer ?

— La mer, oui. Il est maintenant plus de
3 heures du matin et nous ne rencontrerons
probablement plus personne. Restez ici. Je
reviens dans un moment. Ce que j'ai à faire
maintenant peut me demander quelques minutes ou plus longtemps, mais attendez-moi,
restez auprès d'elle.

Sans lui poser de question, ils la laissèrent
quitter la cabine.

Très émue, elle aussi, par la fin dramatique
de cette malheureuse, Régine sut pourtant
conserver toute sa lucidité. Elle alla fouiller
dans l'armoire et en retira un drap qu'elle
déplia, étala sur la moquette.

— Déposons Dora sur ce drap. En attendant le retour de Pat, je vais essayer d'enlever les taches de sang qui peuvent avoir ma-
culé le couvre-lit.

Le cadavre fut allongé sur le drap. Avec
du sel — la salle de restaurant n'était pas
éloignée, fort heureusement ! — et de l'eau
savonneuse ensuite, la journaliste nettoya les
rares traces brunâtres laissées par les blessures de la suppliciée.

— Cela partira. Le sang était déjà coagulé
sur ses plaies, mais l'une s'était rouverte. De-

main, quand viendra la femme de chambre, Pat devra trouver une excuse pour expliquer ce nettoyage hâtif. Au besoin, elle renversera du café sur le couvre-lit et le tour sera joué !

L'Américaine fut de retour au bout d'une demi-heure.

— La voie est libre. Sortons par l'extrémité de la coursive qui donne sur le gaillard d'arrière.

Précédés par Patricia Gaulton, ils transportèrent le corps enveloppé dans le drap. Pardessus le bastingage bâbord, ils lancèrent le cadavre le plus loin possible afin d'éviter qu'un remous ne le ramenât vers l'hélice qui l'eût alors déchiqueté. La dépouille de Dora venait à peine de plonger qu'une demi-douzaine de dauphins firent leur apparition. Nageant deux à deux, les mammifères marins se glissèrent sous le cadavre dans son linceul et le soulevèrent, coincé entre leurs flancs, pour l'emporter rapidement tandis que d'autres, en grand nombre, les escortaient. Sauf un. Un énorme dauphin dont la peau grise paraissait argentée sous la lune et qui, nageant en surface, sortant fréquemment le « bec » hors de l'eau, continuait de suivre le navire.

Intrigués autant que sidérés par ce spectacle, Gilles et ses compagnons entendirent, près d'eux, la jeune Américaine siffler, émettre ces sons bizarres, tantôt rauques, tantôt aigus. Le dauphin qui fendait les flots à leur niveau émit lui aussi une série de petits cris, tenant à la fois du couinement et du jappement plaintif. Cet étrange dialogue se prolongea pendant

plusieurs minutes entre l'animal et la jeune
femme, puis le dauphin, après avoir littéralement bondi à près de deux mètres hors de
l'eau, replongea et disparut dans les profondeurs où les autres, « convoyant » le corps
de Dora, l'avaient précédé.

Les compagnons de l'Américaine, tristement
accoudée au bastingage, respectaient sa douleur muette. L'apparition de Dora, sauvagement torturée, tendait à rétablir la vérité et
donnait raison aux protestations d'innocence
de Patricia. Le Kortz avait tenté de faire
éclore entre eux la suspicion afin de mieux
perdre — à leurs yeux — celle qu'il voulait
« arrêter » voire, peut-être, assassiner !

Gilles entoura de son bras les épaules de
cette étrange femme dont il ignorait le secret,
mais qu'il savait, maintenant de façon certaine, mêlée à une lutte sans merci.

— Tu es épuisée, Pat. Viens, il faut te reposer à présent.

— Pas avant d'avoir fait subir, une fois au
moins, le test d'entraînement à Charles et à
Régine. La téléportation pourrait les sauver,
un jour... Demain, peut-être, qui sait ?

*
* *

Fort tard dans la matinée, lorsqu'elle se ré-
veilla, Patricia eut un sursaut, puis exhala
un long soupir en se blotissant contre l'épaule
du journaliste, endormi à ses côtés. Les
images de la nuit défilèrent dans sa mémoire :
la fin tragique de son amie Dora, son désar-
roi, sa lassitude après l'entraînement succes-

sif de Charles et de Régine, aptes, désormais, à pratiquer, tout comme Gilles ou elle-même, la téléportation.

Gilles... Cet homme courageux et plein de séduction ! Femme libre et sans complexe, Patricia n'aurait eu aucun motif de se priver de la joie saine de cette aventure ; n'eût-ce été le sort affreux de Dora, elle eût connu dans ses bras un bonheur sans mélange. Au demeurant, les impératifs de sa mission exigeaient qu'elle devînt tôt ou tard la maîtresse du Français dont la personnalité, la célébrité, l'aideraient grandement *lorsque le moment serait venu...*

Gilles, réveillé depuis un moment déjà, feignait de dormir. Il se décida pourtant à simuler l'approche du réveil et remua faiblement, laissant filtrer son regard entre ses paupières apparemment closes. Il vit alors sa compagne porter vivement ses mains à sa chevelure et rectifier un pli de ses longs cheveux qu'elle disposa, du mieux qu'elle le put, de part et d'autre de son visage.

Elle l'embrassa et il ouvrit tout à fait les yeux. Une fugitive lueur d'inquiétude passa dans le regard de la jeune femme, mais Gilles, par son sourire et ses baisers, la rassura. Non, elle s'inquiétait inutilement. *D'ailleurs, à aucun moment il n'avait tenté de l'embrasser derrière* l'oreille...

*
**

Régine Véran, son Contaflex prolongé du téléobjectif suspendu à l'épaule, frappa à la

porte de la cabine de son confrère. Ce dernier
lança un « Entrez ! » sonore. Suivie du peintre
elle ouvrit la porte et resta une seconde sur
le seuil : en peignoir de bain, Gilles et Patricia étaient attablés devant leur petit déjeuner tardif !

Le couple s'avança et un — indiscret — coup
d'œil au lit encore défait les renseigna sur
la raison de ce petit déjeuner pris en commun, dans la cabine du journaliste. Charles
Floutard toussota.

— Excusez-nous, nous pensions que... nous
croyions que...

— Parfois, tu penses trop, Charles ! railla
Régine, sans méchanceté, avant de s'adresser
à son confrère, pince-sans-rire : j'aurais beau
jeu de te retourner certaines allusions concernant mon absence, dans ma cabine, l'autre
matin, mais je ne le ferai pas !

— Tu chasses les célébrités du bord au
téléobjectif ? fit le journaliste, ignorant sa
plaisanterie.

— Non, je vais faire des photos de l'île
qu'on aperçoit à l'ouest. Il y a un tas de gens
qui la mitraillent, sur le pont.

Gilles Novak tiqua :

— Une île, à l'ouest ?

Et de hausser les épaules d'un air apitoyé.

— Régine, mon lapin, tu me navres ! Etre
ignorante à ce point en géographie, cela tient
de l'infirmité !

— Idiot ! Grossier personnage ! Tu...

Habitué maintenant à jouer les médiateurs
dans les querelles, toujours sans gravité, de
ses amis, Charles Floutard déclara :

— Régine a raison, Gilles. Tu peux me croire, une île est en vue.

— Mais enfin, mon vieux ce n'est pas possible ! As-tu jamais regardé une carte de l'Atlantique, entre les Canaries et l'Amérique centrale ?

— Si... (il toussota)... A l'école. Mais je crois bien me souvenir, effectivement que, en dehors des Antilles et d'autres broutilles, il n'y a rien.

— Exactement ! Les broutilles en question étant Porto Rico, l'archipel des Bahamas et, à l'ouest de ces îles, Cuba, prolongée au sud-est par Haïti. Or, nous sommes encore à quatre jours de navigation des Bahamas !

— Ben, oui, je sais bien. N'empêche qu'il y a une île, persista-t-il.

Abandonnant son déjeuner, Gilles s'empara de l'Icarex, y vissa le téléobjectif, et, suivi de Patricia, il décida d'accompagner ses amis pour leur démontrer leur erreur.

Arrivée sur le pont, il fut assez surpris de voir une foule de passagers accoudés au bastingage bâbord ou agglutinés à la proue, les yeux braqués vers le large. Il n'eut point besoin de viser l'horizon à travers son téléobjectif pour se rendre compte de la réalité : fort loin vers l'ouest, la ligne claire d'une île émergeait, vers laquelle semblait cingler le *Renaissance*.

— Incroyable !

Ce terme dit sur un ton coléreux lui fit tourner la tête : le petit monsieur chauve et portant lunettes battait des paupières et pa-

raissait courroucé. Avisant le journaliste, il
l'apostropha :

— Ah ! vous voilà, monsieur Novak ! Dites-
moi un peu, que vous en semble ?

Prudent, Gilles fit une moue dubitative.

— Ma foi, cher monsieur, s'il m'en semble...
un peu, il ne m'en semble guère.

Le petit monsieur chauve eut l'un de ces
haut-le-corps dont il avait le secret.

— Ah ! Oui ! Vous ne comprenez pas ?

— Non, j'avoue mon ignorance. D'autant
que cela ne ressemble point, de par sa couleur claire, à une île volcanique qui aurait
pu surgir au milieu de l'océan !

Avec une moue de commisération, le petit
monsieur chauve répliqua :

— Vous avez beau être le rédacteur en chef
de *LEM*, monsieur Novak, vous manquez parfois d'imagination ! Je vais vous le dire,
moi, ce que c'est. De deux choses l'une : ou
bien le commandant s'est fourvoyé, s'est trompé de cap, nous sommes revenus en arrière
et cette île est dès lors Tenerife ; ou alors,
au péril de nos vies, le commandant a lancé
les diesels au régime maximum, nous avons
cinglé vers les Bahamas à une vitesse folle
et c'est l'une des îles de leur archipel que
nous apercevons là-bas. Quoi qu'il en soit, je
me plaindrai à la Compagnie ! conclut-il avec
un sec mouvement de tête qui faillit lui faire
perdre ses lunettes.

— Mmm ! mmm ! vous avez sûrement raison, approuva Gilles, moqueur, en se dirigeant
vers le commissaire de bord qui paraissait
aussi stupéfait que les passagers. Avez-vous

observé cette... *terra incognita* au télescope, commissaire ?

— Oui, monsieur Novak et j'ai cru avoir la berlue ! En vingt ans de navigation, je n'avais jamais vu chose pareille : une île, en plein milieu de l'Atlantique !

Baissant la voix, il confia, après un coup d'œil au vieux monsieur éternellement grincheux :

— Je ne voudrais pas imiter certains raseurs, mais cette invraisemblable apparition doit vous intéresser, monsieur Novak, vous qui êtes le spécialiste de l'étrange ? Avez-vous une hypothèse à avancer ?

— Je crois en avoir une, commissaire...

Le voyant converser à voix basse, certains passagers s'étaient rapprochés, estimant que si les deux hommes avaient un secret à se dire, ils n'auraient pas manqué de choisir un endroit plus discret. Bientôt, ils firent cercle autour du journaliste qu'avaient également rejoint le peintre Floutard et les deux jeunes femmes.

— Nous sommes proches, encore, des îles Canaries, exposa-t-il. Or, c'est justement à l'ouest de ces îles, en particulier de Hierro ou l'île de Fer, que d'innombrables témoins, au cours des siècles, ont vu apparaître, fort distinctement, une terre : la fameuse et légendaire île de San Brandan ou Saint-Brandan ! Evêque de Clonfert, au VIe siècle, Brandan l'Ancien devait donner son nom à cette île. Grand navigateur, fondateur de monastères en Angleterre, ayant parcouru l'Ecosse, entre autres pays, Brandan fut le héros de bien des légendes, au Moyen Age. Depuis, quantité de navigateurs ont recherché son île... sans jamais la trouver alors que d'autres, qui ne la cherchaient pas, l'ont aperçue, de façon assez fugitive, mais durant un temps suffisamment long pour pouvoir être affirmatifs.

» Au XVIIIe siècle, les apparitions de cette île furent si fréquentes et si claires que les autorités portugaises organisèrent des expéditions pour la conquérir... sans résultat, car l'île finissait toujours pas s'évanouir.

— Peuh ! postillonna le vieux monsieur chauve. Les anciens n'étaient que des veaux et certains modernes ne valent pas mieux qu'eux ! Il est bien évident que l'île de Saint-Brandan est un terre mythique issue d'un mirage. En deux mots, je vais vous expliquer ce qu'est un mirage. Sous l'action directe du soleil, l'atmosphère s'échauffe et...

— Veuillez me pardonner cette interruption, cher monsieur, intervint Gilles. Il me faut vous préciser que les anciens, qui selon vous étaient des veaux comme certains modernes, ne sont pas seuls en cause. Le 26 avril 1967, il n'y a donc pas dix ans, d'innombrables habitants d'Hierro ont vu apparaître cette île mystérieuse (1)... qui s'est ensuite diluée, évaporée ; comme un mirage, cela, je vous l'accorde, mais ce n'en était pas un pour autant ! Car pour qu'un mirage se forme, il est indispensable qu'il y ait, dans la direction de

---

(1) *Authentique.*

l'apparition, ici une île, une autre terre à proximité relative. Or, les îles les plus proches sont celles des Açores et du Cap-Vert... à près de quinze cents kilomètres. Ajoutez à cela la rotondité de la terre et vous conviendrez qu'il ne peut pas s'agir d'un mirage.

— De plus, renchérit le commissaire de bord, un mirage donne une image *renversée* de l'objet ou de la terre réfléchissant les rayons du soleil, ce qui n'est pas, non plus, le cas de cette île que nous voyons à l'horizon.

Le petit monsieur branla du chef.

— Si ce n'est pas un mirage et s'il ne s'agit pas d'une île volcanique surgie des flots cette nuit, qu'est-ce donc, alors ?

Gilles eut une moue perplexe.

— Probablement une... image émergeant, par un phénomène que je ne saurais vous expliquer, soit d'un univers parallèle, soit d'un autre monde. Ne voyez là qu'une hypothèse et non point une affirmation, souligna-t-il.

— Encore un « coup » de vos extraterrestres, sans doute ? insinua le vieux monsieur chauve.

Une exclamation de Régine Véran l'empêcha de répliquer à ces sarcasmes. La journaliste, grâce au téléobjectif de son Contaflex et l'œil rivé à l'oculaire, conseilla :

— Observe attentivement l'île et dis-moi si je ne rêve pas, Gilles !

Il obéit, regarda dans le viseur de son Icarex et finit par localiser la terre inconnue qui barrait l'horizon.

— Sapristi ! C'est incroyable !

CHAPITRE VI

Dans l'oculaire de son appareil photographique et grâce au téléobjectif, le journaliste apercevait, dans une échancrure de la côte, les superstructures d'un port, des grues, des navires à quai, le tout voilé par une brume diaphane qui stagnait aux abords de l'île.

Charles Floutard, qui s'était précipité vers sa cabine, revint en courant, muni de puissantes jumelles binoculaires. Il fit la mise au point, observa longuement l'île mystérieuse et s'écria :

— Oh ! Bonne Mère ! Ton île de Saint-Brandan s'est drôlement modernisée, depuis l'arrivée de l'évêque ! Té ! Regarde plutôt, conseilla-t-il en lui passant les jumelles.

— Effarant ! Un avion de grande taille survole les côtes... Je crois bien qu'il s'agit d'un *Star Tiger*, l'un de ces vieux *Tudor IV* quadrimoteurs en usage sur les lignes de l'Amérique centrale il y a plus de vingt ans !

Abandonnant un instant les jumelles, il enchaîna :

— La présence de ce port, de ces constructions et de cet avion autoriserait à penser qu'il ne s'agit pas là de l'île de Saint-Brandan... mais d'autre chose.

La pression d'une main sur son bras lui fit tourner la tête : Patricia, en proie à une vive émotion, incrustait ses doigts dans ses muscles.

— Gilles, rappelle-toi les dernières paroles de Dora : elle cherchait à te dire de ne pas aller vers... quelque chose ! Ne serait-ce pas de cette île qu'elle voulait parler ? Il faudrait convaincre le commandant du *Renaissance* de changer de cap.

Le commissaire de bord, à leurs côtés, s'étonna de leur conseil.

— Avez-vous des raisons de penser qu'un... danger puisse exister, miss Gaulton ? Qui était cette... personne, Dora ?

— L'une de nos amies... morte depuis peu, intervint Floutard, sans autres précisions.

— Oh ! Regardez ! s'exclama une passagère en pointant son index vers le large.

Une dizaine de dauphins venaient de jaillir hors de l'eau, à deux ou trois cents mètres du navire et, derrière eux, plus loin, d'autres dauphins apparaissaient, en nombre considérable ! En quelques minutes, des centaines de ces mammifères marins formèrent une immense ligne au ras des flots, telle une barrière semblant vouloir s'opposer à l'avance du navire. Un des dauphins se détacha du premier groupe et, nageant à une vitesse impressionnante, il vint bondir au-devant de l'étrave du *Renaissance*, replongea et ressortit à tribord pour nager au niveau des passagers agglutinés le long du bastingage.

Le dauphin, son « bec » hors de l'eau, poussa une série de petits cris curieusement modulés.

Gilles, Floutard et Régine n'avaient pu s'empêcher de jeter un coup d'œil à la jeune Américaine. Celle-ci avait pâli, hésité en regardant ses amis, puis s'était décidée à « répondre » à l'appel du dauphin.

Autour d'elle, les passagers qui bavardaient entre eux s'étaient tus, sidérés, en l'entendant « crier » d'aussi étrange façon !

— On se croirait au cirque ! bougonna l'acariâtre petit monsieur chauve. Cette jeune personne voudrait-elle nous faire croire qu'elle... parle avec ce... ?

— Silence ! jeta sèchement le journaliste excédé.

Le petit vieux tressaillit, ouvrit la bouche pour protester, puis la referma, tout bête d'être devenu le point de mire de l'assistance qui ne tarda pas, d'ailleurs, à reporter son attention sur la singulière Américaine. Celle-ci poursuivait son dialogue avec le dauphin tandis que la « horde » des autres mammifères continuait de bondir, à l'horizon, telle une barrière mouvante. Le dauphin replongea et s'éloigna du navire.

Patricia, très embarrassée mais surtout anxieuse, s'adressa à Gilles et au commissaire de bord à la fois.

— Il faut absolument modifier le cap du *Renaissance*, commissaire. L'île est... ceinturée de récifs qui présentent pour nous les plus graves dangers.

Le commissaire de bord tiqua.

— Vous... Vous avez *réellement*... parlé avec ce dauphin ? C'est lui qui vous a... prévenue ?

— Je suis biologiste, spécialiste des mammifères marins, des dauphins en particulier, répondit-elle. J'ai pratiquement *vécu* parmi les dauphins de *Marineland,* en Californie, où je dirigeais un laboratoire de recherches. C'est là que j'ai appris le langage partiel de ces animaux qui, en dépit des apparences, sont les plus proches de l'homme, psychiquement parlant. Et la plupart d'entre eux sont les amis de l'homme. Vous pouvez... Vous *devez* me faire confiance, commissaire : il faut changer de cap..., très vite !

Déconcerté, l'officier hésita une seconde, puis courut vers la passerelle du commandant. Mais, avant qu'il ne l'eût atteinte, une immense clameur de surprise le fit se retourner : au loin, en direction de l'île mystérieuse, une sorte de brouillard jaune s'était levé, masquant peu à peu cette terre inconnue. Quelques minutes encore s'écoulèrent, puis l'étrange brouillard se dissipa, se résorba aussi inexplicablement qu'il était apparu.

Les passagers poussèrent alors de nouvelles exclamations : la mer, calme et paisible sous les rayons du soleil, s'étendait à perte de vue. L'île avait disparu. Les dauphins cessèrent, à l'avant du navire, leur sarabande et se mirent à tourner en tous sens, comme désorientés, puis ils finirent par s'éloigner, à plonger en rompant leur curieux rassemblement.

Gilles colla de nouveau son œil à l'oculaire de l'Icarex, fouilla l'horizon, imité par le peintre et par tous ceux des passagers qui possédaient des jumelles, mais il dut, comme eux, se rendre à l'évidence : l'île mystérieuse n'était plus visible, conforme en cela à l'évanescente île de Saint-Brandan !

— Vos dauphins sont des petits farceurs, mademoiselle ! gloussa le vieux monsieur chauve, en levant les sourcils vers Patricia. Comment une île inexistante, comment un mirage pourraient-ils être entourés de récifs ? Tout cela n'est pas très sérieux !

Il s'éloigna en marmonnant et en remuant la tête tandis que Gilles soupirait :

— Tous les veaux ne sont pas sur le plancher des vaches !

Floutard rit de bon cœur, après l'émotion suscitée par cet étrange incident.

— Si « Frisotin » t'avait entendu, il t'aurait sûrement menacé, une fois de plus, d'aller se plaindre à la Compagnie !

Les passagers qui les entouraient partagèrent leur hilarité et l'irascible vieux monsieur, parti en bougonnant, fut désormais désigné dans leur conversation par le sobriquet cocasse de « Frisotin » en raison de sa calvitie quasi totale !

*
**

Dans le courant de l'après-midi, ce fut devant une salle comble que le rédacteur en chef de *LEM* donna sa conférence. Fortement intrigués par l'apparition puis la disparition de l'île mystérieuse et par l'étrange dialogue qui s'était engagé entre la jeune Américaine et le dauphin, les passagers avaient rempli la salle de spectacle du *Renaissance*. Par les innombrables questions qui lui avaient été posées, Gilles avait pu vérifier, une fois de plus, l'intérêt croissant que le public accordait à l'insolite, à tous les cas ou phénomènes inexpliqués et que la science — confortablement installée dans son conformisme — se bornait à nier en bloc, procédé extrêmement commode qui dispense de réfléchir !

Le journaliste, au cours de sa conférence, avait fait une curieuse constatation : Patricia, assise au milieu de la salle et non point aux premiers rangs, avait fréquemment bavardé avec son voisin de droite, un homme d'une quarantaine d'années, un blond à l'allure sportive qu'il ne se souvenait pas d'avoir déjà aperçu à bord. Peut-être un passager des autres classes, « touriste » ou « standard », qui d'habitude ne fréquentait point les ponts « de luxe » et « confort » ? D'où le connaissait-elle et pourquoi tous deux s'efforçaient-ils de bavarder en remuant le moins possible les lèvres, comme à la dérobée ?

Gilles s'était abstenu de poser la moindre question à sa compagne, durant le dîner, mais il la sentait préoccupée, anxieuse, peut-être. Etait-ce une conséquence des événements de la matinée ? Songeait-elle à cette inconnue, surgie de l'océan, puis disparue, ou bien ses pensées inquiètes allaient-elles vers cet homme blond, qui ne se trouvait pas dans la salle du restaurant « confort » et « touriste » ?

— Alors, tu te déguises ou non ?

La question de Floutard le dérouta quelques secondes, puis il réalisa.

— Je t'avoue que je n'ai guère songé à cela aujourd'hui. Je crois que je me bornerai à rester en smoking. Et toi ?

— J'ai pu dégoter suffisamment d'accessoires, chez le commissaire de bord, pour faire un honorable « pirate », rit-il. Quant à Régine, une longue jupe en soie peinte de Gilberte Jassogne, un fichu, des colliers et des bracelets feront d'elle une Gitane. Et vous, Patricia ?

La jeune Américaine confia sans entrain :

— Je me faisais une joie, hier, à l'idée de cette nuit dansante et des jeux qui devaient marquer le passage de la ligne, mais, tout comme Gilles, mon enthousiasme est tombé. J'ai tout de même un collant doré, en lamé... Avec un loup noir, cela donnerait peut-être quelque chose. Qu'en dis-tu, Gilles ? Veux-tu que nous participions à ces réjouissances avec nos amis ?

Il ne répondit pas tout de suite et finit par sourire :

— Oui, mon chou et je crois même avoir trouvé un déguisement original : l'uniforme du Kortz !

— Pas bête ! fit le peintre. On croira que tu es déguisé en cosmonaute ! Et si Patricia met son collant doré, vous ferez un couple très « sience fiction » ! Vous avez une heure pour vous préparer puisque le bal masqué ne débutera qu'à 22 heures. Les premiers arrivés garderont la place aux autres, d'accord ? Ne tardez pas, car les tables vont être prises d'assaut !

*
**

Installée depuis la veille dans la cabine du journaliste, Patricia n'avait conservé dans sa propre cabine qu'un minimum d'affaires et d'effets personnels. Parmi ceux-ci figurait le collant doré qu'elle alla récupérer avant de retourner chez Gilles.

A son entrée, celui-ci tourna la tête, lui sourit et acheva d'endosser la combinaison du Kortz en tissu métallisé dont elle l'aida à ajuster la fermeture magnétique.

— Si je n'éprouvais pas une certaine répugnance à la vue de cet uniforme, je dirais qu'il te va à merveille, Gilles.

Il l'aida à son tour à enfiler son collant — dont le tissu brillait étrangement — et lui retourna son compliment, De fait, la jeune femme, étroitement moulée par ce collant, ressemblait à une statue coulée dans le précieux métal.

Tandis que sa compagne, maintenant assise devant la psyché, redonnait une touche à ses longues mèches brunes, Gilles entreprit de ranger divers dossiers dans son attaché-case. Une photographie s'échappa d'une chemise et vint tomber aux pieds de Patricia qui la ramassa et la lui tendit après y avoir jeté un coup d'œil distrait. Elle pâlit soudain et regarda plus attentivement cet agrandissement qui montrait, dans la grande salle de l'auberge de *La Commanderie*, à Ventabren, les deux Américains enveloppés de flammes et, près d'eux, leurs compagnes terrorisées. On distinguait aussi le rédacteur en chef de *LEM*, le peintre Floutard et Maistre Maurice, leur hôte, dans une attitude de stupeur indicible.

— Où as-tu pris ce cliché, Gilles ? questionna-t-elle, incapable de cacher son émotion.

— C'est Régine qui a pris cette photo et quelques autres de la même scène, fit-il en lui narrant les événements dramatiques de cette soirée mémorable. Ces deux hommes, j'en ai la conviction étaient des survivants de la *Philadelphia Experiment* tentée sur un escorteur de la *Navy*, à Norfolk. Cette expérience d'invisibilité et de téléportation du bateau laissa chez eux des séquelles, dues à l'hyperchamp d'énergie dans lequel ils baignèrent à diverses reprises. Comme ce fut le cas pour nombre de rescapés de cette expérience, ils ont dû, parfois, devenir invisibles, partiellement ou en totalité. Mais ces effets secondaires durent s'atténuer, et ils purent alors reprendre une existence normale... jusqu'à cette soirée où, brutalement, les effets tardifs de l'hyperchamp dont ils étaient encore imprégnés se manifestèrent... pour les consumer rapidement dans cette étrange flamme froide colorée de bleu ! Deux gars sympathiques, soupira-t-il. L'un d'eux avait même acheté des toiles à Charles Floutard.

Elle hocha la tête, pensive, en regardant plus attentivement le blond qui, environné de flammes, tentait d'appliquer ses mains à plat sur la poitrine de son compagnon. Gilles observa longuement la jeune femme, songeur lui aussi.

— Tu as d'autres photos de ce Bill et de son ami ?

Gilles alluma une cigarette, comme pour retarder sa réponse, puis il lui donna la chemise cartonnée renfermant une dizaine d'agrandissements 13 × 18 en couleur. Elle les examina pour ébaucher un sourire en voyant le propriétaire de *La Commanderie* asperger les deux malheureux avec le jet de l'extincteur à neige carbonique. Singulière réaction, pensa le journaliste : si, au début, Patricia s'était montrée fort émue, à présent, ces documents pourtant hallucinants la laissaient bizarrement indifférente !

— Evidemment, fit-il d'un ton neutre, Maistre Maurice ne pouvait pas savoir que la mousse de cet extincteur n'aurait aucun effet sur ce type de flamme... froide. Si tu avais été là, j'imagine que les choses auraient pu se passer... différemment.

Elle leva sur lui un regard étonné.

— Qu'est-ce qui te fait croire cela, *Sweetheart* ?

— Ton sourire... inattendu, lorsque tu regardais cette scène, en particulier. Ton expression semblait vouloir dire : « Ce n'est pas un banal extincteur qui aurait pu sauver ces deux hommes. »

Il la fixa dans les yeux et insinua :

— A l'endroit *d'où tu viens*, il doit exister des méthodes efficaces, dans cette circonstance, n'est-ce pas ?

— A t'entendre, fit-elle en nouant ses bras autour du cou de son compagnon, ne dirait-on pas que je viens... d'un autre monde ?

— Il y a un peu de ça, non ?

En manière de dérobade, elle répliqua après un baiser :

— Notre aventure amoureuse aurait dû te fixer sur ce point, mon chéri : ne suis-je pas faite comme toutes les femmes ?

— *Pas tout à fait, chérie*, murmura-t-il en tentant de caresser son oreille droite et sa nuque dissimulées par ses longs cheveux.

Elle rougit violemment et se recula pour regretter aussitôt sa brusquerie.

— Nous allons être en retard, et Charles aura du mal à nous réserver des places, à sa table.

— Tu as raison, mon ange, le bal masqué est tellement plus important ! ironisa-t-il en lui offrant son bras.

Dans la coursive, leur tournant le dos, ils virent un Méphisto dont la longue cape rouge traînait sur les talons de ses bottes. Il tourna un bref instant la tête vers eux et ils purent voir que ce passager, outre le loup noir sur les yeux, avait le chef recouvert d'une sorte de bonnet collant qui formait une pointe au milieu du front. Son menton s'ornait d'une barbiche et un maquillage outrancier soulignait ses cils, ses yeux, dessinait deux rides obliques partant du nez pour se terminer à la commissure des lèvres.

Le touriste déguisé en Méphisto avait eu un sursaut à la vue du couple et Patricia ne put s'empêcher de rire aux éclats en l'interpellant :

— Rassurez-vous, Méphisto ! Nous ne sommes pas tombés d'une autre planète !

L'interpellé esquissa un large sourire et, se

drapant avec dignité dans son ample cape
rouge, il répondit en roulant exagérément les
r :

— S'il en avait été ainsi, belle inconnue, je
vous eusse envoyés au diable, tous les deux !
Croyez-moi, j'en ai trucidé d'autres !

Et il partit avec un grand ricanement qui
se voulait sinistre.

Gilles le suivit des yeux, préoccupé soudain. Il s'était machinalement arrêté et sa
compagne s'étonna.

— Eh bien, tu ne viens pas ?

— Heu !... C'est idiot, mais nous avons
oublié nos masques. Attends-moi une seconde.

Il retourna à sa cabine et revint peu après,
le loup sur le visage, et donna l'autre à Patricia. Celle-ci l'adapta sur ses yeux puis, avisant
le ceinturon du journaliste, elle s'exclama :

— Tu as... cru plus prudent de te munir
du pistolet thermique du Kortz ?

Il la rassura d'un sourire.

— Non, mais j'imagine que cela complètera
plus harmonieusement mon... déguisement.

Elle eut une moue soupçonneuse, mais ne
répondit pas, intriguée par un martèlement
bizarre du plancher de la coursive. Tous deux
se retournèrent et virent s'avancer, en claudi-
quant comiquement sur son pilon, un corsaire
de petite taille, un bandeau noir sur l'œil gauche, un mouchoir noué autour de la tête et les
joues noircies de barbe avec une pommade de
maquillage. Armé d'un sabre de bois, la pipe
au bec, le « corsaire » fronça les sourcils de-

vant ce couple dont le déguisement s'apparentait à la tenue des cosmonautes.

— Mille sabords ! Ce Gilles Novak a fait tourner bien des esprits ! Voilà maintenant qu'il se déguise en Martien !

Il agita son sabre de bois et claudiqua en criant à tue-tête :

— A l'abordage ! A l'abordage !

Le journaliste et sa compagne pouffèrent : si leur loup noir et leur déguisement avaient pu préserver leur incognito, il n'en allait point de même pour le « corsaire », malgré son pilon et son bandeau sur l'œil.

— Sacré « Frisotin » ! plaisanta Gilles. Ce travesti va lui permettre de se défouler et, pour une fois, je ne ferai pas les frais de son agressivité..., pas bien méchante, en vérité !

Des rires, des cris de joie s'élevaient sur le pont, parmi la foule agglutinée autour de la piscine. Ils aperçurent Floutard, déguisé en pirate et Régine, en bohémienne, ce qui n'ôtait rien à son charme ni à sa beauté. Tous deux riaient aux larmes, proches du commissaire de bord déguisé en Neptune, armé d'un trident et coiffé d'une couronne en papier d'argent. Avec des gestes théâtraux, celui-ci intronisait les passagers qui, en maillot ou même partiellement habillés, s'étaient jetés à l'eau — quand on ne les y avait pas poussés ! — pour recevoir le baptême du passage de la ligne. En fait, l'hilarité générale avait été surtout provoquée par un « corsaire » qui, en brandissant son sabre, s'était imprudemment approché du groupe de joyeux lurons en train de flanquer à l'eau l'un des leurs. Croyant avoir affaire à quelqu'un de leur bande, les lurons en question l'avaient illico jeté dans la piscine !

Floutard, en bégayant de rire, commença :

— Tu as raté ça, Gilles ! Mais çe ne fait rien, fit-il en désignant le Contaflex de Régine. Tu verras la photo : « Frisotin » hurlant : « A l'abordage » avant de piquer une tête dans la flotte ! C'est le meilleur gag que j'aie jamais vu !

Sans bandeau sur le nez, le mouchoir cachant sa calvitie flottant dans la piscine accroché à son pilon de bois, le petit monsieur chauve, aidé par des nageurs, fut sorti de l'eau et poussé vers le commissaire. Officiant en Neptune, celui-ci crut qu'il s'agissait là d'un nouveau catéchumène. Il l'adouba donc avec son trident et s'apprêtait à prononcer les paroles sacramentelles lorsque le « corsaire », après avoir régurgité de l'eau sur ses sauveteurs, repoussa le trident, bouscula Neptune et s'enfuit en brandissant le poing.

— Vandales ! Assassins ! On a voulu me noyer ! Je me plaindra à la Compagnie !

Alors que les rires de toutes parts redoublaient, Gilles remarqua le Méphisto, dans la foule. Ce dernier paraissait assez étranger à la scène, pourtant cocasse ; derrière son loup noir, ses yeux observaient attentivement les passagers, tout comme s'il avait cherché, à travers leur déguisement, à percer leur identité.

Les deux couples abandonnèrent la cérémonie des baptêmes et regagnèrent la table, réservée par le peintre, au grand salon. L'orchestre attaqua un slow et Gilles invita Patricia. Sur les pistes se côtoyaient tous les déguisements et travestis imaginables : du clochard à l'empereur de Chine en passant par les marquis et marquises, les mauvais garçons style « rue de Lappe » ou les romantiques « à la Musset » !

Méphisto, lui, dansait avec une fée portant hénin et voilages dont les longs cheveux blonds retombaient gracieusement sur ses épaules nues.

La danse achevée, les deux couples amis regagnèrent leur table où le garçon avait servi les Cutty Sark commandés. Patricia but une gorgée de whisky et demanda à la journaliste :

— Pourriez-vous me procurer un agrandissement des remarquables photos que vous avez prises à Ventabren ?

— Les photos de l'auberge de *La Commanderie* où l'on voit ces deux hommes qui...

— Celles-là même, oui. Gilles me les a montrées et je les trouve extraordinaires. C'est possible ?

La jeune femme sourit.

— J'appartiens à l'équipe de *LEM*, Pat, et si le « patron » est d'accord, je n'y vois pas d'inconvénient.

— Le patron est d'accord, sourit Gilles.

L'orchestre attaqua une marche, et les deux jeunes femmes, d'autorité, entraînèrent leur cavalier sur la piste. Au bout d'une minute, l'animateur prit le micro.

— Attention ! A mon signal, vous devrez changer de cavalière !

Il laissa s'écouler quelques secondes et cria :
— Top !

Dans un brouhaha de rires et un tumulte sympathique, les couples se séparèrent. Gilles « hérita » d'une adorable nymphe peu vêtue de voilages bleu pastel et s'aperçut, avec un léger étonnement, que Méphisto venait d'enlacer sa compagne... pour l'entraîner rapidement, en dansant, à l'autre extrémité de la piste.

L'animateur ordonna un nouveau changement de cavalière, mais Gilles était trop loin pour « récupérer » Patricia et dut se contenter d'une Hawaïenne, au demeurant aussi ravissante que la nymphe. En revanche, il constata que la jeune Américaine continuait de danser avec le Méphisto. Intrigué de ce manège, il se rapprocha insensiblement et, lorsque le « top » de l'animateur retentit, souligné par un claquement de cymbales, il put se trouver au niveau de sa compagne qu'il prit aussitôt dans ses bras.

Le Méphisto marqua une hésitation, fixa la jeune Américaine à travers son loup noir et s'éloigna, bousculé par les danseurs qui reprenaient leur ronde. A l'instant même où il s'était retourné, ayant perdu sa cavalière, Gilles remarqua, sous le bonnet qui enserrait étroitement sa tête, une mèche blonde qui dépassait. Instantanément, l'image de l'homme blond, cet inconnu qui, durant sa conférence, avait bavardé à plusieurs reprises avec Patricia, sa voisine, revint à sa mémoire.

— Un... ami à toi, je suppose, ce Méphisto ? fit-il, sans le moindre reproche. Pourquoi me l'avoir caché ?

— Je t'assure que je n'avais jamais vu ce...
Méphisto auparavant.

— Le Méphisto, peut-être, mais, lorsqu'il
n'est pas déguisé, ne ressemble-t-il pas à cet
homme blond, assez sympathique et beau garçon, au demeurant, qui fut ton voisin durant
ma conférence ?

Il sentit qu'elle se troublait et, malgré le
loup sur son visage, il crut voir ses joues
s'empourprer.

— Serais-tu jaloux, *Sweetheart* ? Il n'y a
pourtant là aucun motif, je te l'assure.

— La jalousie n'est pas en cause, du moins
je l'espère, sourit-il, je suis surtout intrigué
par ce... personnage méphistophélique, n'est-ce
pas ? Tout à l'heure, dans la coursive, il a eu
un sursaut en nous apercevant *et tu t'es em-
pressée de l'interpeller, par boutade en apparence.* Tu semblais vouloir le rassurer, c'est du
moins l'impression que j'ai eue.

L'animateur lança une nouvelle consigne, et
le rythme de l'orchestre s'accéléra, jouant une
marche. Aussitôt, la chaîne d'une farandole se
forma ; de nouveau, Gilles et Patricia furent
séparés. Une grande fille blonde déguisée en
bayadère saisit la main du journaliste et l'entraîna à sa suite. Un autre saisit sa main
gauche et, perdu au milieu de la sarabande,
il se laissa guider. La longue chaîne de danseurs se faufila parmi les tables, gagna le
pont, s'étira dans la coursive tribord en chan-
tant et criant à tue-tête. Dans la bousculade,
Gilles lâcha la main de son « suiveur » et, rompant involontairement la chaîne, il se laissa

entraîner par les autres dans la coursive bâbord.

Alors qu'il passait devant la cabine de Patricia, il eut un instant de stupéfaction incrédule : vêtu de façon identique à lui, un Kortz
en sortait ! Mais chez l'autre, il ne s'agissait
évidemment pas d'un déguisement !

Le Kortz courut à sa suite, le rattrapa et
saisit son bras pour gronder à son oreille, en
allemand :

— Pourquoi as-tu quitté ton poste, imbé-
cile ?

Dans la même langue, Gilles bredouilla en
baissant la voix :

— Ces gens ont fait irruption, près de mon...
poste et m'ont entraîné de force ! Ils ont cru
que j'étais déguisé !

— Tu l'étais, avec ce loup sur le visage. Où
l'as-tu pris ?

— Je venais de le ramasser sur le pont.
J'ai juste eu le temps de le coller sur mon
visage, pour passer plus facilement inaperçu.

— C'est bon, regagne ton poste et ne te
laisse plus embarquer dans cette danse stupide !

Gilles inclina docilement la tête et s'éloigna.
Il pressa le pas et gagna le grand salon. Ses
amis, lassés de la farandole qui continuait de
déployer ses méandres à travers le navire,
avaient rejoint leur table. Le journaliste se
pencha vers eux.

— Ça sent le brûlé ! Deux Kortzuun au
moins sont à bord et j'ignore ce qu'ils mi-
jotent !

Et de narrer à ses amis interloqués sa singulière aventure. Alors qu'ils bavardaient, le Méphisto pénétra dans le grand salon, parcourut des yeux les danseurs revenus sur la piste et, apercevant Patricia et ses amis, il tiqua violemment et s'éclipsa dans un ample mouvement tourbillonnant de sa cape rouge.

— Ne restons pas là, conseilla Gilles. Manifestement, c'est la cabine de Pat que surveillent les Kortzuun. Charles, tu vas aller dans la mienne prendre le second pistolet thermique, sous mon oreiller. Aussitôt après, vous me rejoindrez aux abords de la coursive et attendrez le cas échéant mon signal pour foncer chez Patricia.

Il se leva, se dirigea vers la promenade couverte à bâbord, dont deux portes donnaient sur la coursive où la jeune Américaine logeait avant de s'installer chez lui. Lorsqu'il ouvrit le battant de bois pour pénétrer dans la coursive, il se trouva nez à nez avec un Kortz qui gardait la main sur la crosse de son arme, au niveau de sa hanche.

— C'est moi, chuchota prudemment Gilles.

— Je le vois bien que c'est toi, Hans ! grommela l'autre. Pourquoi as-tu encore quitté ton poste ?

— Pour une raison extrêmement grave ! fit-il avec des regards inquiets autour de lui. J'ai découvert une chose extraordinaire : Gilles Novak est en possession d'un de nos uniformes et cela lui sert de travesti ! A peine croyable, hein ?

L'autre le regarda, incrédule.

— Tu en es sûr ?

— Aussi sûr que je m'appelle Hans, fit

Gilles, sans craindre d'alarmer le Kortz qui lui
avait opportunément indiqué « son » prénom
une minute plus tôt.

— Et où est-il, Gilles Novak, à présent ?

Baissant encore la voix, après un sursaut
d'inquiétude feinte, Gilles lança :

— Attention à droite, il arrive !

Le Kortz tourna la tête et reçut sur la
nuque un formidable coup de crosse qui le fit
s'écrouler. Gilles courut vers l'extrémité de la
coursive et s'arrêta pile : le deuxième Kortz
venait d'apparaître et courait vers lui.

— Stop ! lança le journaliste, l'index sur la
détente. Un pas de plus et tu grilles comme
une saucisse !

Le Kortz avait rompu son élan, s'était arrêté
au milieu de la coursive. A contre-jour, Gilles
ne parvenait pas à distinguer clairement son
visage qui paraissait sale ou, à tout le moins,
fort bronzé.

Le Kortz leva lentement les bras et Gilles,
surpris l'entendit rire :

— Tu aurais tort de me... faire griller, Gilles
Novak.

Ce dernier siffla entre ses dents et, derrière
le Kortz, Floutard accourut, suivi des deux
jeunes femmes. Armé du pistolet thermique,
le peintre s'approcha et donna une bourrade
à l'homme qui levait les bras.

— Avance donc un peu jusqu'à la cabine
256, là, à deux pas. On va parler un brin, tous
ensemble, en amis, tu veux bien ?

Le Kortz obéit, tourna la poignée de la
porte et entra le premier dans la cabine. Gilles
éclaira et resta interdit : sur le tapis de haute

laine, un homme gisait, simplement vêtu d'un slip et d'un tricot de peau !

Le prisonnier se tourna alors lentement et ceux qui l'avaient poussé dans la cabine battirent des paupières, interloqués : ce visage noirci, ces sourcils soulignés par un crayon à maquillage, ces poils de barbe postiches qui restaient encore collés à ses joues...

— C'est... c'est Méphisto ! s'exclama Floutard.

Gilles l'avait, lui aussi, reconnu, identifié sans erreur possible grâce à ses cheveux blonds, avec le voisin mystérieux de Patricia, durant sa conférence. Le journaliste rengaina son arme et, d'un signe, conseilla à Floutard d'en faire autant. Il esquissa un sourire à Patricia, qui paraissait gênée, et s'adressa à ce faux Kortz et faux Méphisto :

— Bonsoir, *Helmuth*. Je ne suis pas fâché — enfin — de te connaître.

L'Allemand accusa un bref instant de surprise, prit le parti de sourire et consentit à serrer la main que lui tendait le journaliste.

— Compliments. Tu es fort perspicace, Gilles. Mais avant d'aborder en détail les explications, il faudrait récupérer sans tarder le Kortz que tu as assommé ! Mieux vaut ne pas le laisser traîner dans la coursive où une prochaine farandole risque de buter sur lui !

Patricia posa sa main sur le bras du journaliste.

— Tu vois, Gilles. Ta jalousie était déplacée : Helmuth est l'un... des nôtres, sans plus. C'est une sorte d'agent de liaison, si tu préfères ; nos contacts doivent toujours s'opérer discrètement, c'est la raison pour laquelle, lorsqu'il se matérialisait à bord, nous devions prendre certaines précautions pour nous rencontrer. Et tout à l'heure, dans la coursive, c'est pour éviter qu'il ne t'abatte, en te prenant pour un Kortz — dont tu portais l'uniforme — que je l'ai interpellé.

— Plus tard, les explications, mes amis ! suggéra Helmuth en sortant de la cabine.

Dans la coursive, ils restèrent abasourdis : le Kortz assommé par Gilles Novak avait disparu !

CHAPITRE VII

Quatre jours s'étaient écoulés depuis les festivités — singulièrement mouvementées — du passage de la ligne, et le *Renaissance* n'était plus qu'à une soixantaine de milles des Bahamas.

Le Kortz assommé par le journaliste n'avait plus reparu : ayant repris ses sens plus tôt que prévu, il avait pu, en se téléportant vers son mystérieux Q.G., fausser compagnie à ceux qui le cherchaient.

Quant à Helmuth, après un long conciliabule avec Patricia, il avait pris congé de ses compagnons sur ces mots énigmatiques :

— J'imagine combien vous devez être impatients de connaître notre secret et les raisons qui nous poussent à agir en vous tenant délibé-

rément à l'écart de nos plans. Patricia seule
jugera du moment opportun pour vous les
révéler. Cette discrétion n'est point le fait
d'une défiance à votre égard ; vous avez déjà
prouvé, surabondamment, votre valeur et votre
dévouement — je n'ose dire à notre cause,
qui est juste et que vous approuverez quand
vous la connaîtrez. Vous avez risqué votre vie
pour venir en aide à Patricia et cela, nous ne
l'oublierons pas.

— En ce cas, pourquoi ne pas nous faire
confiance tout à fait ? avait objecté le rédacteur en chef de *LEM*.

— Pour une raison fort simple, Gilles :
ignorant tout de nos plans, si le malheur voulait que toi et tes amis tombiez aux mains des
Kortzuun, vous ne pourriez absolument rien
leur apprendre, même drogués et soumis à
un interrogatoire poussé.

Gilles Novak, installé sur un fauteuil relax
avec ses compagnons, à proximité de la piscine, ressassait les paroles d'Helmuth, pro-
noncées quatre jours plus tôt. Derrière ses
verres fumés, il observait machinalement Régine et le peintre Floutard qui, en maillot
comme lui, prenaient un bain de soleil. De
temps à autre, dans un geste qui, pour quiconque, devait passer pour naturel, tous deux
portaient leur main au niveau du plexus pour
effleurer de leurs doigts le petit disque rendu
absolument indiscernable par la rondelle adhésive dont la teinte s'était harmonisée avec
celle de leur épiderme. Nul n'aurait pu soupçonner la présence de cet « intégrateur de
structure » sur leur poitrine, néanmoins, ils ne

pouvaient s'empêcher d'accomplir ce geste devenu machinal.

Gilles tourna machinalement la tête vers Patricia, allongée près de lui sur une chaise longue. Le nez chaussé de lunettes de soleil, le visage et le corps enduits d'Ambre Solaire, la jeune femme paraissait dormir, mais il n'en était rien. Elle inclina la tête de côté, sourit à Gilles et posa la main sur la sienne.

Certain de n'être point entendu par une oreille indiscrète — dans la piscine, les rires des baigneurs formant d'ailleurs un fond sonore propice — le journaliste questionna à mi-voix :

— Tu ne m'as toujours pas dit ce que tu étais venue chercher dans ma cabine, le jour où je découvris ton maillot..., outre la disparition de mon pantalon et d'un sweater ?

— Mais... Les photos prises par Régine à l'auberge de *La Commanderie*, à Ventabren, avoua-t-elle sans difficulté. Un risque inutile, d'ailleurs, puisque tu me les as confiées, l'autre jour. Je ne pouvais pas être sûre, à ce moment-là, que nos relations deviendraient plus qu'amicales, plaisanta-t-elle. Je puis même t'avouer que c'est Helmuth qui rapporta dans ta cabine les vêtements que je t'avais empruntés. Il en a profité pour consulter certains dossiers, notamment les notes de tes conférences en espérant, à partir de là, savoir à quel point tu étais informé sur la *Philadelphia Experiment*.

— Et quelles furent ses conclusions ?

— Tu savais peu de chose, mais ton esprit ouvert, ton imagination, pouvaient fort bien

t'aider à combler certaines lacunes. C'est aussi
pour cela que nous avons assisté à ta conférence, Helmuth et moi ; nous avons été sou-
lagés de constater que tu n'y faisais point état
de l'incident de Ventabren.

— Les journaux du Midi ont pourtant consa-
cré un long article là-dessus ; l'incident n'a
donc pas été ignoré du public.

— C'est vrai. Néanmoins, l'important pour
nous était que tu n'en parles point à bord...
où un Kortz aurait fort bien pu se mêler aux
passagers.

— De toute manière, les Kortzuun connais-
sent ma présence à bord du *Renaissance.*

— C'est vrai aussi, Gilles, mais ce ne l'était
pas encore lors de cette conférence.

Le journaliste garda un moment le silence,
puis questionna incidemment :

— Comment sais-tu que l'un des deux Américains dévorés par les flammes se prénom-
mait Bill ? Lorsque je t'ai montré cette photo,
à aucun moment je n'ai prononcé son prénom
ni son nom.

La jeune femme se troubla et finit par hausser les épaules.

— C'est vrai, je le connaissais, ainsi que
son ami et leurs épouses.

— Qui se sont discrètement éclipsées quelques minutes après la fin dramatique de leur
mari, compléta le peintre en s'appuyant sur
un coude pour considérer attentivement à son
tour Patricia. Leur disparition a posé une
énigme supplémentaire à la police.

— A nous aussi, par la même occasion, remarqua Régine.

Patricia abandonna sa chaise longue, s'étira puis, semblant ne pas avoir entendu ces questions, déclara :

— Je crois que je vais prendre un bain...

— Tu... « crois » ? ironisa le journaliste.

— J'en suis même sûre, rit-elle en s'éloignant pour plonger dans la piscine.

Floutard leva les bras au ciel en bougonnant :

— Et voilà ! Nous en sommes toujours au même point ! Pat a une façon très à elle d'éluder les questions qui l'embarrassent.

Gilles fouilla dans son sac de plage, retira son étui à cigarettes, son briquet à gaz, et se mit à fumer après avoir donné du feu à Régine et au peintre.

— Rappelle-toi le petit discours d'Helmuth, Charles : *Patricia seule jugera du moment opportun pour nous révéler ce qu'elle doit momentanément encore nous cacher.*

— Lui, au moins, il n'a pas tous ces problèmes en tête ! fit le peintre en montrant du menton le petit monsieur chauve qui, coiffé d'un chapeau de paille, se prélassait au soleil sur une chaise longue, au bord de la piscine, en sirotant un soda.

De la mer, brusquement, leur parvinrent les cris aigus et les jappements caractéristiques des dauphins. Suivi de ses amis, Gilles s'était précipité vers le bastingage après avoir appelé Patricia. Une vingtaine de dauphins s'ébattaient en suivant le navire, et l'un d'eux, d'une taille impressionnante, bondissait hors de l'eau en émettant des cris suraigus, comme pour attirer l'attention des passagers, ou plus certainement *d'une passagère bien déterminée.*

Etonné de ne pas la voir à ses côtés après qu'il l'eut appelée, Gilles retourna en hâte vers la piscine pour presser Patricia, mais celle-ci ne s'y trouvait plus !

— Gilles ! Viens vite ! cria Floutard.

Il le rejoignit précipitamment, se pencha comme il le lui conseillait sur le bastingage et ne put retenir une exclamation : la jeune Américaine s'était instantanément téléportée de la piscine dans l'océan et nageait parmi les dauphins !

Affolés, persuadés que la « malheureuse » était tombée à l'eau, des passagers criaient, appelaient au secours. Le petit monsieur chauve, qui avait, lui aussi, abandonné sa chaise longue, gesticulait et trépignait en hurlant d'une voix de fausset :

— Une femme à la mer, une femme à la mer.

Tout comme lors du passage de la ligne et déguisé en corsaire, il vociférait :

— A l'abordage ! A l'abordage !

Immédiatement alertés, des hommes d'équipage manœuvraient le treuil d'une embarcation pour la metre à l'eau tandis que le commandant faisait stopper les machines. Erre cassée, le *Renaissance* sembla poursuivre sa route et ralentit graduellement tandis que les dauphins, distancés, entouraient la jeune femme avec des mouvements ondoyants. Ils avaient cessé de nager et paraissaient « converser » avec elle sous les yeux ahuris des passagers qui s'étaient rassemblés sur la poupe du navire. Le gaillard d'arrière était noir de monde ; des bras s'agitaient, des cris fusaient de cette foule en proie à l'inquiétude.

— Elle a coulé ! lança une femme, angoissée.

— Oui ! On ne la voit plus ! renchérit « Frisotin » en se tournant pour apostropher vertement les hommes d'équipage qui manœuvraient le treuil. Prenez votre temps ! Ne vous pressez pas ! N'avez-vous pas honte de laisser périr ainsi une... une... Ah !

Le vieux monsieur chauve venait de pousser un véritable hurlement de terreur en pointant un index tremblant vers la piscine.

Gilles et la quasi-totalité des passagers, alarmés par ce cri, s'étaient retournés pour rester bouche bée : souriant et ruisselant d'eau, Patricia se hissait hors de la piscine. Elle gravit les derniers degrés de l'échelle blanche et s'avança, affichant une mine étonnée devant ce rassemblement d'hommes et de femmes qui la dévisageaient avec stupeur.

Le vieux monsieur chauve, ayant repris son souffle et quelque peu ses esprits, balbutia :

— Vous... vous...

Il jeta un regard à la mer, vit s'éloigner les dauphins et reporta son attention sur l'Américaine.

— Vous étiez dans... dans la mer, il n'y a pas une minute, et...

— Vous vous trompez, monsieur, j'étais dans la piscine, répondit-elle posément. Que s'est-il passé ?

— Rien, Pat, une hallucination, tout au plus,

mentit Gilles en lui « expliquant » ce qu'ils avaient « cru » voir tandis que les hommes d'équipage, prévenus, remontaient le canot de sauvetage.

Les passagers, peu convaincus d'avoir été le jouet d'une hallucination, dévisageaient cette jeune et jolie femme avec un air soupçonneux. Ils n'avaient point oublié l'avoir déjà vue « converser » avec les dauphins, lors de l'apparition de l'île inconnue, au large des Canaries, et ce nouvel incident ajoutait à l'auréole de mystère qui émanait d'elle. Ignorant son étrange faculté de téléportation et ne pouvant se résoudre à admettre un phénomène de bilocation, force leur fut d'accepter — sans grande conviction — l'hypothèse d'une hallucination collective !

— C'est impossible ! Matériellement impossible ! maugréa « Frisotin ». Je suis sûr de vous avoir vue barboter dans la mer parmi ces répugnants poissons, mademoiselle !

Ce fut Gilles qui répondit à sa place :

— Négligeons le nom de poissons que vous attribuez à ces mammifères marins, cher monsieur, mais permettez-moi d'être étonné. Lors de mes conférences, vous n'avez jamais manqué l'occasion de crier à l'hallucination chaque fois que j'exposais un cas irréfutable d'observation de « soucoupe volante ». Or, maintenant, vous niez avoir été victime, avec nous-mêmes et tous les passagers, d'ailleurs, d'une hallucination. Sincèrement, vous me surprenez ! Pourquoi cette discrimination ?

Patricia intervint et prit le bras de Gilles en exerçant une pression discrète sur ses biceps.

--- Je voudrais me rhabiller, *Sweetheart*. Veux-tu m'accompagner ?

Renonçant à répondre à la question du journaliste, le petit monsieur chauve, son chapeau de paille de travers, parut scandalisé.

— Nous vivons en pleine licence ! Quel stupre ! De mon temps, une jeune fille n'aurait jamais osé tenir de pareils propos !

Le peintre, amusé, lui tapota amicalement l'épaule.

— Vous frappez pas, grand-père. Ils sont tous deux majeurs, libres et de bonnes mœurs, alors, où est le mal ?

Outré de s'être entendu appeler « grand-père », il allait exploser en imprécations lorsqu'un brusque remous des passagers et des cris stridents de femmes détournèrent son attention.

La foule massée sur le gaillard d'arrière s'écartait, se bousculait pour refluer sur le pont : cinq Kortzuun en uniforme métallisé venaient d'apparaître, surgis du néant, l'arme au poing, s'avançaient en barrant la route à Gilles et à Patricia.

Le journaliste, tout en se reculant, fit passer sa compagne derrière lui et, dans ce mouvement, il glissa discrètement sa main dans son sac de plage. Lorsqu'il se retourna, avec une rapidité inouïe, un dard de feu jaillit du fond de son sac et balaya le pont devant lui, fauchant les cinq hommes qui s'écroulèrent en hurlant, les jambes carbonisées ! Deux d'entre eux, malgré la douleur atroce, parvinrent à appuyer sur la détente, mais le rayonnement thermique de leurs armes n'atteignit que la rambarde qui fondit comme du beurre au soleil !

Floutard, qui avait hurlé aux passagers l'ordre de se jeter à plat ventre, avait lui aussi plongé la main dans son propre sac de plage pour faire feu avec son arme thermique. Il se releva d'un bond et rejoignit le journaliste pour achever sans pitié le commando venu dans l'intention évidente de les supprimer.

Ce duel, hallucinant avec le crépitement sourd des rayons thermiques, avait semé la panique chez les passagers qui s'étaient enfuis vers la coursive tribord ou réfugiés dans le bar, voire dans la piscine !

Blême de stupeur, le commandant du *Renaissance* accourait, suivi du commissaire de bord et d'autres officiers. Il regarda avec effarement les cinq cadavres à demi carbonisés, fronça les sourcils à la vue des lambeaux métallisés de leurs uniformes, puis se tourna vers le journaliste.

— Qui étaient ces hommes, monsieur Novak et pourquoi les avez-vous... sauvagement abattus ?

— Ce n'est point un assassinat, commandant. J'étais en état de légitime défense. Ces... hommes venaient avec l'intention de tuer miss Gaulton et probablement aussi mes amis : Régine Véran et Charles Floutard.

— C'est vrai, commandant, je les ai vus braquer leurs armes sur ces jeunes gens, je puis vous en donner ma parole ! lança en s'avançant le petit monsieur chauve, le souffle court et tremblant encore de tous ses membres. Et la plupart des gens qui se trouvent ici vous diront la même chose.

Gilles le remercia d'un sourire, touché par son témoignage et sa fougue à vouloir rétablir les faits dans leur contexte véritable. Une attitude digne de respect chez ce vieux monsieur qui, jusqu'ici, n'avait pas été tendre envers ses théories et exposés.

— L'enquête établira le déroulement exact de ce... lamentable incident, répondit le commandant. Vous et M. Floutard avez enfreint les règlements formels interdisant aux passagers d'introduire à bord n'importe quel type d'arme, monsieur Novak. Veuillez me remettre ces... ces curieux pistolets.

Le journaliste secoua la tête et prononça d'un ton décidé :

— Je suis navré, commandant, mais il n'en est pas question. Nos jours à bord sont en danger et nous devons pouvoir faire face à toute éventuelle attaque renouvelée de nos adversaires.

Et, désignant du menton les cadavres des Kortzuun recroquevillés, noircis, il ajouta :

— Reconnaissez au moins que nos craintes n'ont rien d'imaginaire !

Un officier arriva en courant.

— Comandant ! Le radio vient de capter un message de détresse... bizarre. Un avion qui dit avoir perdu sa route...

— C'est invraisemblable ! bougonna le commandant. Nous sommes à moins de trente milles des Bahamas !

— C'est, au contraire, parfaitement vraisemblable, commandant, déclara Gilles Novak après avoir échangé un coup d'œil inquiet avec Patricia.

Le « pacha » du *Renaissance*, oubliant un instant le drame qui avait motivé sa venue, considéra son interlocuteur avec surprise.

— Vraiment ? Et qu'est-ce qui vous fait dire cela, monsieur Novak ?

— Si vous tirez une ligne droite des Bermudes jusqu'à Porto Rico, une seconde de Porto Rico à la côte est de la Floride et une troisième de la Floride vers les Bermudes, vous obtiendrez un triangle, nous sommes bien d'accord ?

— C'est l'évidence même, fit le commandant, légèrement impatienté par ce préambule.

— Ce matin de bonne heure, nous avons franchi cette droite imaginaire qui relie les Bermudes à Porto Rico et pénétré dans ce vaste triangle. Or, chez les spécialistes de l'étrange et de l'insolite, commandant, savez-vous comment cette zone est surnommée ?

— Heu !... Non, j'avoue que non, monsieur Novak.

— Le « Triangle de la Mort ».

Le « pacha » pinça les lèvres, fort mécontent, et toussota en murmurant d'une voix à peine audible :

— Sapristi, monsieur Novak, voulez-vous bien parler plus bas ! Venez, ne restons pas ici à intriguer les passagers avec vos conciliabules.

— Avec votre permission, commandant, je souhaiterais que mes amis assistent à notre entretien... Mais j'aimerais avant tout que vous nous accordiez la faveur de vous accompa-

gner dans la cabine-radio, afin d'écouter ces...
singuliers messages de détresse.

L'officier acquiesça et les entraîna à sa suite
vers la passerelle d'accès à la cabine-radio.
L'officier chargé des transmissions, en les
voyant entrer, marqua une certaine surprise,
mais un geste d'apaisement du « pacha » le
rassura et, sur son ordre, il poussa le volume
du récepteur. Dans le haut-parleur, une voix, à
travers laquelle perçait l'anxiété bien qu'elle
fût nasillarde et hachée de fadings, annonçait
son indicatif :

— *Alpha Bravo Tango dix-sept appelle Miami... Tour de contrôle, répondez. Over.*

Il y eut un crachotement, et l'opérateur de
la tour de contrôle de la grande cité flori-
dienne accusa réception du message.

— *Tour de contrôle, Mayday ! Mayday* (1) *!*
poursuivit le pilote. *Nous sommes complètement égarés. Nous ne voyons plus la terre...
Mayday !*

— *Quelle est votre position, Alpha Bravo
Tango dix-sept. Over.*

Le pilote étouffa un grognement, s'énerva.

— *Si je connaissais ma position, je ne vous
aurais pas appelé ! Nous sommes perdus, totalement paumés ! M'avez-vous bien compris ?
Over.*

---

(1) *Appel de détresse radiotéléphonique in-
ternational demandant une assistance immé-
diate (phonétiquement : m'aider).*

— *Roger* (1), répondit la tour de contrôle. *Gouvernez droit sur l'ouest et vous ne pourrez pas ne pas voir la terre. Lors de votre dernier message, il y a dix minutes, vous signaliez votre position à l'est des Bahamas et disiez apercevoir l'île Eleuthera. Il n'est pas possible que vous ayez dévié — même si votre compas est hors d'usage — au point de ne plus voir la terre. Je répète : gouvernez à l'ouest. Over.*

— *Mais nous ne savons pas où est l'ouest ! Ni le nord, ni le sud, ni rien du tout !* s'emporta le pilote, dont la respiration haletante sifflait dans le haut-parleur. *Tout est de travers... Tout paraît étrange.*

Après un bref silence, l'opérateur de la tour de contrôle, dont on pouvait imaginer la stupeur en entendant ce message, répondit :

— *Prenez le soleil comme point de repère. Vous ne pouvez pas vous tromper ! Cela vous permettra de vous orienter. Over.*

— *Nous ne voyons plus le soleil ! Tout est... étrange ! Nous n'avons pas la moindre idée de la direction à prendre...*

Le pilote étouffa une exclamation et ses paroles devinrent indistinctes ; il s'adressait sans doute à son mécanicien. Sa voix redevint normale, mais plus angoissée encore qu'un instant auparavant.

— *Même l'océan ne paraît pas comme il*

---

(1) *Se prononce* « Rodgeur » *et signifie* « bien compris ».

*devrait être... Tout est jaune, autour de nous,
et l'océan prend cette teinte... anormale.*

Nouveau silence, entrecoupé de crachote-
ments, puis le pilote reprit, cette fois d'une
voix au comble de l'anxiété :

— *L'océan ! Il... il n'est plus vi... visible !
Nous baignons dans... dans cette lueur jaune
qui...*

Un cri de stupeur.

— *Bonté divine ! C'est fantastique ! C'est...
Comment expliquer... Comment leur décrire
ce... cette...*

La voix s'évanouit graduellement et, dans
le haut-parleur, on ne perçut plus que les
appels vains de la tour de contrôle de Miami.
Le commandant du *Renaissance* paraissait stupéfait et incrédule en même temps.

— C'est une chose inconcevable ! Se perdre en plein jour, par temps calme et enso-
leillé !

— Le pilote ne voyait plus le soleil, commandant, objecta le rédacteur en chef de *LEM*.
Et il ne fut pas le seul à avoir lancé un message de ce genre. Depuis plus de vingt ans,
d'innombrables avions, hydravions et même
des bateaux ont disparu sans laisser la moindre trace. la moindre épave, la moindre tache
d'huile dans ce secteur de la mer des Sargasses appelé : le Triangle de la Mort. Et plus
d'un millier de personnes ont ainsi disparu,
comme effacées de la surface du globe (1).

— Vous alors, vous êtes réjouissant ! bou-

_____

(1) *Authentique.*

gonna le « pacha ». Encore heureux que vous n'ayez pas fait cette déclaration au cours de vos conférences à bord !

— Je m'en suis bien gardé ; néanmoins, cette abstention de ma part ne change rien aux faits. Au cours des deux décades écoulées, la *Navy*, l'*Air Force*, les garde-côtes, l'armée à l'intérieur des terres, entreprirent des recherches gigantesques mobilisant des centaines d'avions, de bateaux, aussi bien américains que britanniques, pour fouiller l'archipel des Bahamas, Cuba et jusqu'aux Antilles sans oublier le golfe du Mexique et, à l'opposé, vers le nord-est, les Bermudes. En pure perte. Rien, jamais, ne fut retrouvé. Qu'est-ce qui désorienta les compas de bord, transforma l'aspect de la mer, escamota le soleil, affola, terrorisa les équipages et étouffa ensuite leurs messages-radio ? Nul ne le sut jamais non plus.

— Et nous naviguons au beau milieu du Triangle de la Mort ! bougonna le peintre assez inquiet.

— Des centaines d'avions et de navires croisent chaque jour dans ces parages, et je n'ai pas entendu dire, ces dernières années, qu'ils aient eu le moindre ennui, fit remarquer le commandant avec calme.

— Certes, mais cela ne signifie pas pour autant que le Triangle de la Mort ne mérite pas son surnom, déclara à son tour la jeune Américaine. Toutefois, il est inutile d'alarmer les passagers, cela, je vous l'accorde, commandant. Ils ont eu assez d'émotion comme cela avec ces assassins venus pour nous supprimer. Laissons-les dans l'ignorance et, cet après-midi, à l'escale, le paysage enchanteur des Bahamas leur fera oublier — du moins je l'espère — cette tuerie que nous n'avons pu éviter.

Soudain, une formidable explosion retentit qui, pourtant n'affecta en aucune manière le navire. Tous s'étaient précipités sur la passerelle et sur la partie découverte du pont. En contrebas, sur le pont-promenade, sur le *sundeck* et de toutes parts, les passagers affolés s'éparpillaient, levaient les yeux, cherchant à discerner la cause de cette terrifiante détonation.

Une exclamation sourde jaillit bientôt de toutes les poitrines : dans le ciel, un immense globe de feu, identique à celui qui avait été déjà aperçu une nuit, sembla se matérialiser pour fondre sur le *Renaissance*. Epouvantés, tous à bord s'étaient jetés à plat ventre, se protégeant la nuque de leurs bras repliés.

Le globe de feu — ou de lumière pourpre, aveuglante — se borna à tourbillonner autour du navire, puis s'éloigna et disparut aussi subitement qu'il était apparu tandis qu'une vibration étrange secouait le *Renaissance*. Une vibration dont le régime, lentement, allait croissant, imprimant une trépidation de plus en plus perceptible à la masse imposante de ce bâtiment de douze mille tonnes.

Arrivant au pas de course dans la cabine des transmissions, un officier annonça :

— Commandant, nos compas sont affolés !

Le « pacha » cilla, mais garda son calme.

— Faites conserver le cap initial et navi-
guez sur notre lancée !

Puis, à l'officier des transmissions :

— Appelez le port de Nassau et signalez
notre position.

Le radio s'exécuta et accrocha la fréquence
du poste radiotéléphonique de l'île Andros
auquel il donna les coordonnées du *Renaissance*, en signalant le dérèglement des compas
du bord.

— Nous avons déjà capté un message éma-
nant d'un Boeing, adressé à l'aéroport de
Miami, indiqua le radio de Nassau. Le même
incident affectait les compas de cet appareil
qui a cessé d'émettre. Une escadrille militaire
a déjà décollé de Fort-Lauderdale, en Floride,
pour effectuer des recherches auxquelles vont
participer les garde-côtes. D'après votre position au moment du dérèglement de vos compas, vous êtes à quatre-vingts milles au nord-
est de Nassau, donc, à une quinzaine de milles
au plus du chenal nord-est de la Providence.
Vous devez donc apercevoir, à bâbord, la ligne
claire de l'île Eleuthera qui vous indiquera
le sud-sud-est ; à tribord, vous devez également apercevoir la terre, l'île Grande Abaco
qui, par conséquent, vous indique le nord-
ouest. Nous sommes bien d'accord ?

— Parfaitement, acquiesça le commandant,
à la condition, toutefois, que nous apercevions
ces îles. Or, ce n'est pas le cas !

Après un bref silence, Nassau répondit :

— Si votre position est bien celle que vous
nous avez donnée, il n'est pas possible que
vous n'aperceviez pas ces terres ! La météo

annonce un temps splendide, sans la moindre nébulosité susceptible de vous cacher ces îles. Si vous ne les apercevez pas, c'est que vos coordonnées sont erronées ; vous avez fortement dévié de votre cap, en direction du nord-est, vers les Bermudes, ou vous avez décrit un arc de cercle qui vous a fait reprendre la route de l'est où, effectivement, comme vous le savez, il n'y a plus d'île au milieu de la mer des Sargasses.

Assez déconfit d'un tel jugement, le commandant répliqua un peu sèchement dans le micro :

— C'est bon, nous allons essayer de faire le point et vous rappellerons. Terminé.

Il restitua le micro à l'opérateur et « pressentit » la question que Gilles allait lui poser.

— Au moment de l'agression des Kortzuun, vous saviez donc que ces îles de l'archipel des Bahamas n'étaient point visibles, alors qu'elles auraient dû l'être ?

— Naturellement, monsieur Novak ! Je ne serais pas commandant si une telle anomalie m'avait échappé !

— Excusez-moi, commandant. Je n'avais pas l'intention de vous offenser, mais de m'assurer, justement, de cette... anomalie. Et si le *Renaissance* a changé de cap, cela n'est point dû à une fausse manœuvre mais bien à l!'action de cette étrange sphère pourpre qui, après une violente explosion, a décrit un cercle autour du navire. Vous avez pu aussi remarquer ces vibrations... anormales, inexplicables, que l'on perçoit d'un bout à l'autre du bateau depuis cet incident.

Après une brève hésitation, le « pacha » proposa :

— Monsieur Novak, vous et vos amis, voulez-vous m'accompagner jusqu'à mon P.C. ? Vous semblez trop au fait des étranges phénomènes qui se déroulent dans ce... Triangle de la Mort pour que je néglige, le cas échéant, votre point de vue.

Gilles acquiesça, mais sa compagne l'arrêta :

— Au préalable, il serait prudent que nous revêtions les uniformes kortzuun.

Négligeant l'expression perplexe du commandant, Gilles observa la jeune femme : il lut dans son regard une anxiété croissante et se résolut à suivre son conseil après avoir promis au « pacha » de le rejoindre sur la passerelle.

En se dirigeant vers la coursive bâbord, la jeune Américaine ajouta :

— J'ai été bien inspirée d'emporter dans mes bagages un collant doré de rechange.

Régine la considéra avec étonnement et pointa son index sur sa poitrine.

— Pour moi ? Je croyais que ce ravissant collant était tout simplement l'œuvre d'un grand couturier !

L'Américaine sourit.

— Il pourrait l'être, chez vous, mais chez *nous*, nul ne s'y tromperait : il s'agit là d'un uniforme qui, si besoin était, nous permettrait de passer plus facilement inaperçus parmi les Kortzuun. Nous accrocherons au ceinturon la gaine d'un pistolet thermique. Gilles et moi y adjoindrons un poignard... Je n'en possède que deux malheureusement. Charles, s'enquit-elle parles-tu l'allemand ?

Usant à son tour du tutoiement, le peintre fit la moue.

— Moi, tu sais, les langues étrangères... Je sais dire *ja* et *nein* mais à part ça...

— C'est un peu faible, pour meubler la conversation ! Et toi, Régine ?

— Je le comprends, mais ma prononciation laisse à désirer.

— Dans ce cas, puisque tu parles aussi bien l'anglais que Gilles, il te suffira d'employer cette langue... au cas où ce serait nécessaire.

Le rédacteur en chef de *LEM* s'était arrêté devant sa cabine.

— Si je comprends bien, nous allons avoir affaire aux Kortzuun avant lontemps ?

— J'aimerais me tromper, soupira-t-elle, mais les signes avant-coureurs ne laissent guère de doute sur leur intention de passer à l'attaque.

— La sphère pourpre surgie dans le ciel, tout à l'heure, après cette formidable explosion ?

— Entre autres choses, oui. Le *Renaissance* est désormais sous leur contrôle : la preuve en est ces vibrations qui impriment au navire ces trépidations continues...

— Je ne sais pas ce que sont les Kortzuun, Pat, rumina le peintre, mais pourquoi ont-ils appris l'allemand et l'anglais plutôt que le français ou l'italien ?

Prévoyant l'objection, il leva la main.

— Et ne commence pas par me dire que

tu nous expliqueras tout cela quand le moment sera venu !

— Je ne *commence* pas, Charles, je *continue* : le moment est proche, maintenant, où tout ce que vous devez savoir vous sera révélé. Ne m'en demande pas davantage pour l'instant. Il me faut d'abord consulter... quelqu'un. Allons nous changer, ne perdons plus de temps.

Cinq minutes plus tard, ils rejoignirent le commandant sur la passerelle et le trouvèrent donnant des ordres dans le chadburn. Il se retourna et contempla sans cacher sa surprise les deux couples revêtus de ces combinaisons collantes métallisées, argentées pour Gilles et Floutard et d'une belle couleur or pour leurs deux ravissantes compagnes. A leur ceinturon étaient accrochés la gaine du pistolet thermique et, pour Gilles et Patricia, un poignard à lame effilée. Le journaliste et Régine portaient en outre, suspendu en sautoir, leur appareil photographique et tenaient chacun à la main un fourre-tout contenant leurs objectifs, écrans, filtres et réserve de films.

— Vous voilà accoutrés comme des correspondants de guerre... futuristes partant en campagne ! s'exclama le « pacha ».

— Vous ne sauriez mieux dire, commandant, confirma le journaliste. Les événements risquent bientôt de se précipiter et, bien que directement associés à l'action aux côtés de miss Gaulton, nous ne pouvons pour autant négliger notre vocation de reporter, Régine et moi.

Et, ce disant, il adapta le téléobjectif à son

Icarex, tandis que sa collègue vissait à son appareil un objectif grand-angulaire ; munis de ces deux accessoires, ils pourraient donc couvrir à la fois un champ très large, mais rapproché et saisir si besoin était une scène lointaine.

— Vous pouvez vous débarrasser de vos fourre-tout, conseilla le commandant en indiquant un angle de la passerelle sous une console de métal où s'étalaient les cartes marines de l'archipel des Bahamas.

Patricia fit discrètement « non », de la tête et les deux journalistes passèrent alors en bandoulière la courroie de leurs sacoches de cuir noir.

— Vous savez, sourit le commandant, je réponds de mes officiers ! Ils ne vous prendront rien !

— Je n'en ai jamais douté, commandant, fit Gilles sur le même ton amusé. Mais nous pouvons avoir besoin d'adapter rapidement un accessoire, un filtre par exemple, à nos appareils et préférons avoir ces fourre-tout sous la main. Où en sommes-nous ? Avez-vous pu faire le point ?

Le visage du « pacha » se rembrunit et, d'un geste large de la main, il montra le ciel, à travers les baies vitrées de la passerelle.

— Pour utiliser le sextant, il est indispensable de pouvoir repérer le soleil, monsieur Novak, je ne vous fais pas l'injure de croire que vous l'ignorez.

Gilles et ses amis, interloqués, se rapprochèrent des baies vitrées et sortirent même sur l'étroite coursive tribord pour scruter le

ciel. Effarés, ils durent se rendre à l'évidence :
le soleil n'était plus visible et la lumière du
jour prenait graduellement une étrange teinte
jaune !

CHAPITRE VIII

— Bonne Mère ! s'exclama Floutard. Il n'est
guère plus de 15 heures et l'on ne voit plus
le soleil, bien qu'il fasse jour !

— On ne voit pas plus le soleil que les
îles à l'horizon, confirma le commandant. Nous
devrions être pourtant à quelques milles à
peine d'Eleuthera ! Et regardez la mer aussi !

De fait, l'étrange coloration jaunâtre du ciel
semblait se refléter dans l'océan qui prenait
une teinte sale, limoneuse, fort différente de
la belle couleur verte propre à ces régions subtropicales.

Sur le pont, les passagers s'entre-regar-
daient, s'interpellaient, inquiets devant ces phénomènes déroutants.

Des pas sur la coursive menant à la passerelle se firent entendre et, bientôt, le petit
monsieur chauve parut dans l'encadrement de
la porte : en short, sa chemise flottant hors
de la ceinture, il ôta son chapeau de paille et,
l'air pincé, s'adressa au commandant.

— Pardonnez-moi de venir en ce lieu sacro-
saint, commandant, mais je crois que nous
avons tous droit à des explications ! Que si-

gnifie cette brume qui se rapproche du navire, et ce voile sale qui cache le soleil ?

— Veuillez retourner sur le pont-promenade
ou dans votre cabine, cher monsieur, conseilla
courtoisement le « pacha » du *Renaissance*.
Comme vous l'avez fort bien dit, ce lieu sacro-
saint est interdit aux passagers. Quant à ce...
à cette couleur bizarre du ciel, j'attends des
précisions de la météo pour faire une annonce
afin de rassurer les passagers. Vous ne tarde-
rez pas à l'entendre, dans les haut-parleurs du
bord.

— Soit, répliqua sèchement le vieux monsieur en remettant son chapeau de paille et
en l'enfonçant d'une petite tape. Mais je tiens
à vous exprimer mon mécontentement, commandant. Cette croisière de l'étrange est vraiment trop étrange et je...

Il sembla seulement découvrir les deux
couples moulés dans leurs collants métallisés
et eut un haut-le-corps.

— Vous osez faire des pitreries avec ces
déguisements ridicules alors que tous les passagers sont dans l'inquiétude ? Est-ce de
l'inconscience ou de l'imprudence, jeunes
gens ? Et vous... vous, bégaya-t-il en s'avisant
de leurs pistolets thermiques accrochés à leurs
ceinturons. Vous sortez armés, à présent ?
Commandant ! Il est intolérable que vous
acceptiez cette infraction éhontée ! En laissant
se promener librement à bord ces énergu-
mènes armés et toujours prêts à riposter aux
attaques dont ils risquent encore de faire
l'objet, vous mettez la vie des autres passagers en danger !

— Pour l'instant, cher monsieur, fit valoir le commandant, M. Novak et ses amis sont à mes côtés, sur la passerelle où nul passager n'a le droit de venir se promener. Veuillez rejoindre vos compagnons de voyage sur le pont, et vous ne risquerez rien... si risque il y a.

Soudain, les trépidations qui faisaient vibrer le navire s'intensifièrent tandis que la coloration jaunâtre du ciel et de l'océan s'accentuait.

Oubliant l'ordre reçu, le vieux monsieur chauve rentra instinctivement la tête dans les épaules et promena autour de lui des regards apeurés tandis que, à l'horizon, apparaissait un point lumineux d'un rouge vif. Gilles arma son Icarex et visa l'objet qu'il finit par localiser dans le téléobjectif. Il pressa le déclenchement, poussa le levier d'avancement du film et observa la « chose » qui grossissait, assez confuse dans l'étrange brume jaune où le ciel et la mer se confondaient.

— Toujours cette mystérieuse sphère de métal, semble-t-il, mais cette fois, son apparition n'a pas été précédée d'une explosion.

La sphère, silencieusement, vint s'immobiliser à la verticale du *Renaissance* dont les vibrations passèrent à un régime extrêmement rapide, jetant l'émoi chez les passagers dont certains avaient cherché refuge dans leur cabine.

Patricia saisit le bras du journaliste.

— Range ton appareil dans le fourre-tout, vite ! Toi aussi, Régine ! Et tenez-vous tous prêts, fit-elle en effleurant discrètement de l'index son estomac, d'un geste significatif pour eux seulement.

Ainsi prévenus, tous quatre s'étaient rapprochés les uns des autres, sous les regards intrigués du commandant, des officiers et du vieux monsieur dont ils semblaient avoir oublié la présence.

Soudain, la sphère écarlate parut se diluer dans l'air tandis que l'étrange coloration jaune de la mer et du ciel s'estompait. L'onde reprit peu à peu son aspect normal, le ciel redevint bleu et limpide.

— Oh ! Fan ! s'exclama Floutard en usant de cette interjection typiquement méridionale. Regardez !

A moins d'un mille du *Renaissance* venait d'apparaître une côte, celle d'une île verdoyante écrasée de soleil ! Au fond d'un petit golfe était distinctement visible un port, hérissé de grues, avec de longs bâtiments dominés par une haute antenne d'émission que soutenaient de robustes câbles d'acier. Des navires et bateaux étaient à quai, de tous types et de tous tonnages. Sur la droite, au-delà du golfe, on pouvait voir un aérodrome avec une interminable rangée de hangars et, sur les pistes, des avions, également de tous types, les uns à hélices, d'autres à réaction, tant civils que militaires.

— L'île de Saint-Brandan ! s'exclama Floutard, médusé.

— Cette île ressemble, en effet, à celle qui nous est apparue à l'horizon au large des Canaries, confirma Gilles. Mais je doute qu'il s'agisse là de l'île de Saint-Brandan.

— Ce n'est *pas* l'île de Saint-Brandan, confirma Patricia. L'île que nous apercevons maintenant était située à trois cent milles environ à l'est-nord-est des Bahamas.

Le commandant secoua la tête, avec un air de reproche.

— Vous faites erreur, miss Gaulton. Il n'y a aucune île dans cette direction.

— J'ai dit *était*, commandant, rectifia-t-elle. Vous saurez bientôt pourquoi...

— Attention ! clama le vieux monsieur, effrayé, en braquant son index vers tribord.

Ils aperçurent alors une vedette rapide dont l'étrave fendait la mer à vive allure. Montée par une douzaine d'hommes revêtus de collants métallisés, armée d'une mitrailleuse lourde pointée vers le *Renaissance*, elle se dirigeait droit sur lui.

— Cette fois, c'est bien pour nous ! gronda Floutard en portant la main à l'étui de son pistolet thermique.

Le vieux monsieur, terrorisé, lui saisit le bras.

— Malheureux ! Qu'espérez-vous, contre une mitrailleuse ?

De toutes ses forces, il s'agrippait à lui tandis que la jeune Américaine ordonnait d'une voix tendue par l'émotion :

— Vite formons la chaîne ! Tenons-nous par les mains ! Dans une seconde, il sera trop tard ! Faites le vide ! Faites le vide en vous... Attention ! Mais lâchez donc Charles ! s'exclama-t-elle, furieuse à l'encontre du vieux monsieur qui s'obstinait à vouloir le retenir.

La vedette rapide n'était plus qu'à une cen-

taine de mètres du navire, et Patricia, bouleversée, cria :

— Maintenant, vite !

En une fraction de seconde, ils disparurent
sous les yeux effarés du commandant et de
ses officiers !

— Dieu me pardonne, mais... mais... notre
irascible passager a lui aussi disparu ! s'écria
le commandant, soudain très pâle.

*
* *

Gilles Novak, la respiration coupée, saisi
de vertige, eut du mal à rétablir son équilibre
à l'instar de ses compagnons qui, sans avoir
rompu la chaîne de leurs mains, venaient de
se matérialiser sur une aire plane, une sorte
de clairière au cœur d'une forêt. Une forêt
d'essences subtropicales où croissaient des ma-
gnolias, des poincianas aux grandes fleurs
pourprées, des hibiscus et, plus loin, d'im-
menses arbres reliés entre eux par d'énormes
lianes.

Des parfums délicats se mêlaient à l'odeur
âcre de l'humus, et des oiseaux, innombrables
faisaient entendre un concert permanent que
soulignaient des crissements d'insectes.

Grâce à l'étrange faculté de téléportation
que leur conféraient les intégrateurs de structure, les deux journalistes et le peintre venaient, après avoir disparu de la passerelle du
Renaissance, de se matérialiser dans cette forêt.

— Comment vous sentez-vous ? s'inquiéta la
jeune Américaine.

— Parfaitement bien, sourit Gilles en la prenant dans ses bras.

— Moi, je souffre du poignet, se plaignit Charles Floutard. Exactement à l'endroit où ce crétin de « frisotin » m'a agrippé ! Je ne sais pas où nous nous trouvons, mais ce qui me ravit, c'est de savoir que nous sommes débarrassés de lui !

Soudain, ils prêtèrent l'oreille et dégainèrent leurs armes : des gémissements s'élevaient, très proches. Ils regardèrent autour d'eux et bientôt restèrent cois de stupeur : à quelques mètres seulement, bras et jambes ballants, le vieux monsieur chauve gisait, affalé sur une énorme branche qui partait d'un tronc monstrueux, à seulement deux pieds du sol !

Floutard porta comiquement sa main au front.

— Oh ! Bonne Mère ! Manquait plus que ça ! Nous voilà avec le grand-père sur les bras !

— Quant il s'est accroché à toi, expliqua Patricia, il a été entraîné dans notre champ de translation. Une chance qu'il ne se soit pas matérialisé *dans un obstacle !*

A demi évanoui, tant de frayeur que par les effets de la téléportation à laquelle il n'était point préparé, le malheureux promenait autour de lui un regard torve et hébété. Ils se précipitèrent pour l'aider à descendre de cette branche — basse, fort heureusement — et le remirent sur pied. Les jambes tremblantes, le front couvert de sueur, le vieux monsieur bégaya :

— Que... que s'est-il pa... passé ? Pourquoi

m'avez-vous emmené de force dans cette forêt ? J'ai horreur des bestioles qui piquent, des serpents, des...

Il se tut, parut enfin réaliser et ouvrit des yeux ronds.

— Mais... Où est passé le *Renaissance* ?

— Rassurez-vous, il n'est pas très loin, à quelques vingt kilomètres à peine, à son mouillage, dans le port de Kortzland, c'est le nom que les Kortzuun ont donné à cette île, *leur* île, répondit Patricia.

— Jamais entendu parler de... Kortzland, bougonna-t-il. Et qui sont donc ces hommes que vous appelez les Kortzuun ? Les indigènes du coin ?

Patricia, d'une poche ventrale de sa combinaison dorée, retira un petit disque de métal et une rondelle adhésive.

— Cher monsieur, puisque, bien involontairement, croyez-le, nous vous avons entraîné ici, autant vaut que vous soyez doté, vous aussi, d'un intégrateur de structure.

La jeune femme se mit en devoir de lui révéler les fantastiques possibilités offertes par ce minuscule appareil et parvint, non sans mal, à le convaincre de la nécessité de le coller à son épiderme au niveau du plexus.

— Et si j'avais refusé ? jeta-t-il, comme un défi un peu tardif sans doute.

— Nous aurions été contraints de vous abandonner dans cette forêt, quand le moment pour nous sera venu de la quitter, cher monsieur... Monsieur comment, au fait ?

— Je m'appelle Dupont, Arsène Dupont. Ce n'est peut-être pas très original, mais c'est mon nom ! Alors, me direz-vous enfin où nous nous trouvons, mademoiselle Patricia ?

— Sur une île qui n'existe plus, monsieur Dupont. Elle a disparu il y a une douzaine de millénaires avec l'engloutissement de l'Atlantide.

Le dénommé Arsène Dupont remua cocassement la tête.

— Me prendriez-vous pour un vieux gâteux, mademoiselle Patricia ? Et ces hommes, dont vous portez le déguisement et qui cherchent à vous tuer, ce sont les Atlantes peut-être ?

— Nullement. Ce sont des... humanoïdes, et certains même sont nés ici...

— Il y a douze mille ans ?

— Bien sûr que non, monsieur Dupont ! Et si vous ne m'interrompiez pas tout le temps, je pourrais peut-être vous narrer leur histoire. Asseyons-nous au pied de cet arbre, proposa-t-elle en donnant l'exemple.

Gilles déposa près de lui son Icarex, ouvrit le fourre-tout, en retira son briquet à gaz et ses cigarettes qu'il offrit à la ronde.

— Il me faut remonter à l'année 1908, commença-t-elle. Cette année-là, le 30 juin, ce que les astronomes désignèrent comme une météorite géante s'abattit en Sibérie centrale, dans le secteur de Podkammenaïa, en Toungouska. Il ne s'agissait point d'une météorite, mais bien plutôt d'un astronef géant, originaire d'une constellation voisine du soleil connue sous le nom de Véga selon la terminologie terrienne. Une avarie de son système de propulsion lui fit manquer son atterrissage et se désintégrer dans l'atmosphère. Cette méga-

explosion consuma des centaines de kilomètres carrés de forêt sans causer pour autant
de graves dégâts au sol lui-même, ce qui intri-
gua fort — et continue d'intriguer — les mul-
tiples commissions d'enquête venues sur les
lieux. Cet astronef était un éclaireur, qui pré-
cédait deux autres vaisseaux transportant des
milliers de Végans, la plupart recrutés parmi
les techniciens et scientifiques les plus émi-
nents sur la planète d'origine vouée à la destruction.

— Une destruction de quelle nature, Pat ?
s'informa Gilles, passionné tout comme ses
compagnons par ce récit.

— Une modification du champ gravifique de
Véga qui allait entraîner à brève échéance le
basculement de la planète sur son axe. Un tel
cataclysme anéantit de fond en comble la civilisation végane. Seuls purent y échapper ces
trois astronefs géants, conçus d'ailleurs en
prévision de la catastrophe planétaire par
cette civilisation qui, depuis un demi-siècle,
était entrée dans l'ère spatiale et venait, depuis une dizaine d'années, de mettre au point
un dispositif de propulsion subspatiale rendant possibles les voyages interstellaires. Les
deux cosmonefs rescapés se placèrent en or-
bite circumterrestre afin de localiser une aire
d'atterrissage la plus éloignée possible des pays
civilisés. Le choix porta sur une région sauvage du Venezuela, en pleine jungle, mais relativement proche de la mer, toutefois. Là
fut édifiée une base provisoire qui permit aux
Végans de s'acclimater. Il ne leur fut point
trop difficile, lors des randonnées d'explo-

ration vers les villages et petites villes cô-
tières, d'enlever, la nuit, quelques hommes et
femmes, la plupart d'origine espagnole. Ils
enlevèrent aussi, par la suite, deux ou trois
Américains, deux Allemands et trois Français
venus de Guyane. Soumis à leurs procédés
d'introspection psychique, ces Terriens per-
mirent aux Végans d'apprendre ainsi leur langue respective, l'histoire de leur pays, leurs
coutumes et usages.

— Et, par la suite, intervint Gilles Novak,
ce sont ces langues-là que les Végans ont
adoptées pour s'exprimer, lorsqu'ils se sont...
infiltrés dans les pays civilisés ?

— Tu as parfaitement compris leur tac-
tique, aprouva la jeune Américaine. Lorsqu'ils
possédèrent à fond l'usage de l'anglais, de
l'allemand et d'autres langues, les Végans,
après s'être confectionné des vêtements ana-
logues à ceux des Terriens, se risquèrent à
pénétrer par petits groupes dans les villes
vénézuéliennes et, plus tard, dans celles du
Brésil, de l'Argentine et des Etats-Unis. Familiarisés avec la civilisation, ils se fabriquèrent
de faux papiers et prirent des identités fran-
çaises, allemandes, américaines et autres. Certains vécurent presque en permanence parmi
les Terriens tout en fournissant aux leurs des
rapports réguliers. Les années, les décades passèrent et, peu à peu, deux tendances oppo-
sées se firent jour au sein de la colonie végane. Les uns souhaitaient abandonner la base
mère du Venezuela et émigrer purement et
simplement ailleurs dans le monde afin de

s'y intégrer définitivement avec leurs familles, tirant alors un trait sur leur passé. En revanche, d'autres, que nous appelons les Kortzuun, caressaient l'espoir de conquérir la Terre et d'en devenir les maîtres. Pour cela, il leur fallait évidemment se constituer une industrie, forger les armes et les structures nécessaires. Malheureusement, si les équipements, les réserves des deux astronefs, étaient suffisants pour faire vivre cette colonie d'exilés, ils ne l'étaient plus dans le cas d'une conquête du monde. Par ailleurs, la technologie terrienne évoluait, les avions se multipliaient dans le ciel et les explorations des territoires vierges se faisaient chaque année plus nombreuses ; il devenait donc impératif pour les Végans de soustraire leurs deux cosmonefs à tout repérage. Il fut décidé de les immerger au large des Bahamas, dans le Triangle de la Mort, où serait édifiée une base sous-marine. Le supermétal des astronefs résisterait parfaitement à la corrosion et protégerait efficacement la colonie immergée. Parallèlement, de par l'intégration des Végans dans la société terrienne depuis une génération déjà, certains de leurs techniciens et savants parvinrent à se faire engager dans les centres de recherches, aux U.S.A. et en Europe. C'est ainsi que, à la fin de la dernière guerre mondiale, l'un de ces savants, qui résidait en Belgique, usurpa l'identité d'un chercheur allemand du nom de Gert Kortzreisen, avec lequel il présentait une singulière ressemblance. Kortzreisen ayant été tué dans un bombardement, le Végan put donc se substituer à lui...

et se laisser arrêter par les autorités américaines d'occupation, lesquelles, ravies de cette aubaine, l'envoyèrent immédiatement aux Etats-Unis où il ne tarda pas à entrer dans un laboratoire de recherches. Physicien de génie, le pseudo-Kortzreisen ne tarda pas à se voir proposer la direction du laboratoire auquel la Navy l'avait affecté, à Norfolk, en Virgine. Là, par un dévouement feint, il sut gagner la confiance de ses maîtres et leur procura d'ailleurs plus d'une invention afin de jouer le rôle de l'ex-ennemi repenti et sincère dans sa coopération. La surveillance dont il était l'objet se relâcha, et les Végans réfugiés en Amérique latine, sous de fausses identités, purent alors prendre contact avec lui. Ces « agents de liaison » ne s'en retournaient jamais les mains vides : quantité de documents ultra-secrets concernant des recherches de Kortzreisen, dont les Américains n'avaient aucune idée, prirent ainsi la filière de l'Amérique du Sud. Là-bas, des laboratoires, dissimulés dans de vastes exploitations agricoles ou des élevages bovins, s'étaient édifiés sous l'impulsion des « colons » végans intégrés à la population. L'un d'eux avait reçu pour mission de fonder en Argentine un complexe industriel comprenant, outre une flottille de bateaux de pêche pour approvisionner une usine de conserves, une entreprise de transport routier. Les camions amenaient donc des divers laboratoires des pièces détachées, des éléments bizarres qui pouvaient passer pour du matériel industriel, que l'on embarquait à bord des bateaux de pêche. En mer, ceux-ci

transféraient leur chargement à bord d'un navire plus rapide qui l'acheminait... dans le
Triangle de la Mort. Là, ces éléments rassemblés, montés, constituèrent bientôt une véritable cité sous-marine qui fut immergée sur
un haut-fond et alimentée en énergie par la
centrale nucléaire de l'un des cosmonefs ; la
base en question est capable d'abriter trois
cents hommes avec une autonomie de vivres
pour une année.

Médusés, ses compagnons ne l'interrom-
pirent pas une fois, avides de connaître en
détail cette inconcevable implantation totalement ignorée du monde.

— Aux Etats-Unis, Kortzreisen mit au point
— ou *crut* avoir mis au point — une invention
absolument fantastique pouvant rendre invisible un navire de guerre ; et c'est là que se
place la fameuse *Philadelphia Experiment* dont
vous avez entendu parler. Cette expérience fut
un demi-succès : l'escorteur fut bien rendu
invisible, mais, en même temps, l'hyperchamp
de force de son générateur le projeta hors du
continuum spatio-temporel, le fit brièvement
apparaître à Norfolk avant de le « ramener »
à Philadelphie. Lors de la translation, des marins avaient disparu, d'autres se retrouvèrent
partiellement transparents, certains devinrent
fous et quelques-uns, enfin, furent doués d'un
étrange pouvoir de téléportation. Parmi ceux-
ci, plusieurs ne reparurent jamais après avoir
disparu... dans un mur ou sur la voie pu-
blique !

« Kortzreisen sut tirer parti de cet échec et,

faussant compagnie à ses... employeurs, il emporta toutes ses notes et gagna la base sous-marine des Bahamas baptisée *Kortzland I*. Là, il poursuivit ses recherches, effectuant aussi de fréquents voyages en Amérique latine pour former des équipes de chercheurs spécialisés, dans les laboratoires secrets. Il parvint ainsi à créer un intégrateur de structure spatio-temporel géant qui fut monté à bord de la base sous-marine. Cet appareil était — disons plutôt *est* — capable de modifier la structure de l'espace et du temps dans un rayon de plusieurs centaines de milles et de diriger convenablement son champ d'action. C'est ainsi que d'innombrables avions et bateaux furent littéralement... arrachés au continuum normal pour être projetés ici, sur *Kortzland II, c'est-à-dire dans le passé puisque cette île occidentale de l'Atlantide n'existe plus depuis douze mille ans !* »

— Pardonne-moi de t'interrompre, fit Gilles, intrigué. Cette intervention de Kortzreisen — l'intégrateur de structure spatio-temporel géant — fut mis au point bien après 1943, date de la *Philadelphia Experiment*. Or, la sinistre réputation du Triangle de la Mort remonte *grosso modo* aux années 1944 et 1945. Les disparitions inexpliquées d'avions et de navires sont donc antérieures à l'invention de ce savant végan.

— C'est exact, Gilles, mais Kortzreisen n'a fait qu'utiliser et amplifier à son profit une particularité étrange de cette zone de la mer des Sargasses : dans ce Triangle de la Mort

existent des « brèches », des ruptures occa-
sionnelles du continuum espace-temps, des
sortes de « trous » évidemment invisibles où
« basculent » parfois des avions et des bateaux,
lesquels sont alors précipités... peut-être dans
un univers parallèle ou dans le flot du temps,
soit vers le passé, soit vers l'avenir, nul ne le
sait. Quoi qu'il en soit, Kortzreisen et ses équipes de chercheurs — qui firent souche et
eurent des enfants, tant en Amérique latine
que dans la base sous-marine ou ici, sur
Kortzland II — parvinrent à manipuler l'espace et le temps dans cette zone et édifièrent
une cité sur cette île... perdue dans le passé.

Patricia s'interrompit un instant ; dans ses
yeux passa une lueur amusée et elle poursuivit :

— J'ai omis de vous préciser un détail,
concernant la physiologie des Végans : ce sont
des amphibies, donc aptes à vivre aussi bien
sur la terre ferme, à l'air libre, que dans l'eau.
Leurs biologistes parvinrent à modifier les
gènes, les chromosomes de certains Terriens
exilés sur cette île afin de leur permettre de
concevoir des enfants mutants amphibies. Toutefois, ces enfants, baignant depuis leur con-
ception dans l'hyperchamp de l'intégrateur de
structure spatio-temporel, subirent une muta-
tion inattendue, complémentaire, qui les doua
de la faculté de téléportation. Je précise bien
que cette faculté n'est pas une fonction naturelle chez les Végans mais qu'elle a été acquise
seulement par les mutants ; cependant, la
possession d'un micro-intégrateur de struc-

ture permet évidemment à quiconque — Végan ou Terrien — d'opérer ces translations instantanées. Et vous êtes placés pour le savoir.

Patricia fit une pause et esquissa un sourire à l'adresse de Gilles. Celui-ci, le bras autour de ses épaules, lui caressa la joue, l'oreille droite et, devant son absence de réaction, il conseilla :

— Je crois que tu ferais mieux de... *montrer cela toi-même*, chérie.

— Tu savais donc ? fit-elle, à peine étonnée.

— La nuit, tu as un sommeil profond, mon ange, plaisanta-t-il. Et le fait que, en dansant, tout au début, tu aies toujours refusé le moindre baiser dans le cou et surtout *derrière l'oreille*, m'a fait soupçonner la vérité. Notamment lorsque je t'ai vue plonger, une nuit, pour rejoindre les dauphins et disparaître avec eux dans les profondeurs de l'océan.

Elle rit franchement et, avec lenteur, souleva les mèches de ses longs cheveux bruns pour découvrir son cou et ses oreilles. *Ses oreilles derrière lesquelles s'ouvraient deux orifices obliques, rosâtres, bordés de filaments bruns et soyeux !*

Le vieux M. Dupont eut du mal à réprimer une grimace de dégoût.

— Et ces... trous vous servent à respirer dans l'eau ?

— Oui, cher monsieur Dupont, sourit-elle,

nullement offensée par sa grimace qui ne lui avait point échappé. Ces opercules des trachéobranchies me permettent d'assimiler l'oxygène en dissolution dans l'eau que j'absorbe par la bouche.

— Comme un... poisson, alors ? fit le peintre, en battant comiquement des cils.

— A la différence près, Charles, que notre organisme est infiniment plus élaboré que celui d'un poisson ! Nos poumons, très développés, et d'autres particularités de notre physiologie nous permettent une meilleure oxygénation, une assimilation plus complète de l'oxygène en suspension dans l'eau.

— Je comprends ce que tu voulais dire en faisant allusion, l'autre jour, à tes recherches sur la biologie marine, à *Marineland*, déclara Gilles. Tu avais tout à fait raison de dire que tu avais « vécu » avec les dauphins... et appris leur langage ! Tu es donc née ici, sur cette île du passé ?

— Oui, mais de parents américains et non point de Végans.

— Il y a donc des Américains qui pactisent avec ces infâmes créatures extraterrestres ? s'insurgea Arsène Dupont.

— Contraintes et forcées et non point pour leur plaisir, d'innombrables familles américaines, anglaises et d'autres nationalités vivent sur *Kortzland II*, répondit-elle. Vous le savez, des centaines et des centaines d'avions, de navires, ont été « attirés » ici par l'intégrateur de structure ; leurs passagers ont bien été forcés de s'acclimater, de survivre sur cette île retranchée de *leur présent*. Les Végans et leurs descendants ayant besoin de main-d'œuvre, d'ouvriers, de techniciens, de médecins, en un mot, de tous les représentants des activités humaines, les Végans, donc, furent trop heureux de les faire travailler pour eux.

— En esclaves, sans doute ?

— Non, pas s'ils se sont pliés à leurs exigences. Dans le cas contraire, ils ont été dirigés vers les laboratoires de biologie et vous imaginez quel sort affreux fut le leur...

— Ma pauvre enfant ! soupira M. Dupont. Vos parents étaient donc des passagers, des voyageurs à bord d'un bateau ou d'un avion attiré sur cette île infernale ?

— Mon père était officier à bord d'un escorteur de la *Navy* : celui qui fut utilisé lors de la *Philadelphia Experiment*, rectifia-t-elle en notant l'expression stupéfaite de ses interlocuteurs. Il était alors célibataire et fut l'un de ceux qui disparurent de l'escorteur après être devenus partiellement invisibles. Comme tant d'autres, il passa pour disparu alors qu'il était en fait « bloqué » dans le non-temps, zone de neutralité entre deux orientations temporelles. Lorsque l'intégrateur fut installé dans la base sous-marine et qu'un autre eut été mis en place sur *Kortzland II*, dès les premières minutes de leur fonctionnement, les techniciens végans eurent la stupeur de voir se matérialiser, au cœur de l'hyperchamp, des officiers et marins en uniforme de la *Navy*. Mon père était parmi eux. Ingénieur, il fut contraint de travailler dans un labo. Condam-

né pour de longues années à vivre sous la
tutelle des Kortzuun — ainsi nomme-t-on les
disciples de Kortzreisen décidés à asservir la
Terre — il décida de feindre la soumission
puis d'épouser leurs vues... avant d'épouser
ma mère, sourit-elle, hôtesse à bord d'un avion
de ligne « happé » par l'intégrateur. Leur
« bonne conduite » à tous deux leur valut
d'être admis à part entière, au bout de quelques années « probatoires », dans la société
des Kortzuun et de jouir alors d'une totale
liberté.

« A diverses reprises, mes parents — sous
la surveillance d'un Kortz dont ils étaient censés ignorer la présence — furent autorisés à
exécuter certaines missions dans le futur... Je
veux dire dans le présent du continuum normal. C'était là un grand privilège, car, à de
rares exceptions près, personne ne quitte plus
cette île du passé ; au surplus, elle est complètement isolée du reste du monde — donc des
Atlantes, puisqu'elle coexiste avec l'Atlantide —
par un champ de force dressé à quatre-vingts
milles des côtes. Ces missions consistent à
effectuer des liaisons avec divers représentants
des groupes végans aux Etats-Unis ou en
Europe. Les premières missions étaient, en
réalité, factices, destinées à tester leur dévouement au parti kortz et les soi-disant per-
sonnalités véganes rencontrées n'étaient, en
vérité, que des subalternes. Mon père et ma
mère avaient flairé la ruse et s'étaient bien
gardés de tomber dans le piège. Ces tests
répétés jugés concluants, ils purent alors prendre des vacances annuelles et voyager... sou-

vent sous la surveillance d'un agent kortz.
Quant à moi, à cette époque-là, je devais, en
contrepartie, rester sur l'île, en otage en som-
me, jusqu'au retour de mes parents. Ceux-ci
devaient continuer de jouer leur rôle d'adeptes
convaincus du programme élaboré par les
Kortzuun : dicter un jour leur volonté au
monde et étendre leur domination sur tous les
pays. »

— Folie ! grogna le vieux monsieur chauve
en serrant les poings.

— J'aimerais partager votre avis, monsieur
Dupont, soupira la jeune femme. Dotés d'armes aux formidables pouvoirs de destruction,
ils travaillent actuellement à un intégrateur
spatio-temporel transportable et offrant les
mêmes possibilités que celui de l'île. Imaginez
un submersible équipé d'un tel engin. Il lui
suffirait de demeurer en plongée, à une centaine de milles d'un port de guerre, pour
faire basculer immédiatement *tous les navires
de ce port dans le passé !* Et il en irait de
même pour les aérodromes situés jusqu'à
deux cents milles à l'intérieur des terres !

« De surcroît, un intégrateur de plus faible
volume est en construction — en série —
pour équiper les aéronefs, ces sphères écar-
lates que vous avez pu, à deux reprises, observer aux abords du *Renaissance.* Actuellement,
seul un petit nombre de ces sphères sont
équipées d'intégrateurs, mais dans un avenir
rapproché, des centaines d'aéronefs en seront
dotés, et alors une effroyable menace pèsera
sur le monde !

— Mais il faut faire quelque chose ! s'in-

surgea M. Dupont en se passant une main
tremblante sur son front moite.

— Nous y avons pensé, mais les chances
de réussite sont minces, je le crains, avoua-
t-elle. Depuis vingt ans, mon père et ses amis
ont pu grouper autour d'eux des hommes et
des femmes dont ils sont absolument sûrs.
Ingénieur, grâce à ses allées et venues dans
les laboratoires, mon père a pu se procurer
une vingtaine d'intégrateurs de structure sim-
plifiés dont l'hyperchamp, commandé psychiquement par le porteur, n'excède pas un mètre.

Charles Floutard et Régine portèrent machinalement leurs doigts à leur plexus, ce qui
amena un sourire chez la jeune Américaine.

— Oui, ce sont ces disques-là. J'avais pour
mission, en venant en France, de contacter
Gilles Novak, de participer à la croisière de
l'étrange et de lui faire croire que j'appartenais à un groupe occulte visant au bien de
l'humanité et souhaitant réunir des membres
dignes de l'aider dans cette tâche. Elevée dans
la plus pure doctrine kortz dont mes parents
passaient pour de chauds partisans, je n'eus
aucune peine à obtenir cette mission. Et,
pour la première fois de ma vie, je pus enfin
abandonner temporairement *Kortzland II* et
voyager dans le monde futur... enfin, dans
votre présent, veux-je dire.

— Et en supposant que j'aie cru cette fable,
qu'étais-je censé devoir faire qui profitât aux
Kortzuun ?

— Si j'avais fidèlement rempli ma mission,
Gilles, ils ne t'auraient montré qu'une zone

résidentielle sur l'île, dans un décor idyllique, avec sa société rationnellement organisée et, ma foi, réellement heureuse, il faut bien le dire. Mais cette société, dans l'esprit des Kortzuun, préfigure simplement ce que seront *leurs* cités devant être édifiées dans *votre* monde et réservées à *leurs* seuls adeptes ; les autres devant se contenter de vivre misérablement sous leur férule !

« Donc, reprit-elle pour répondre à la question du journaliste, tu aurais été conquis — du moins l'estimaient-ils un peu naïvement — et te serais certainement montré enthousiaste. Ramené en France, sans savoir exactement où se trouvaient la base sous-marine et l'île du passé, tu serais devenu un fervent propagandiste de cette société occulte qui rêvait de dispenser largement le bonheur aux humains ! Rédacteur en chef de *LEM*, tu jouis d'une très large audience ; d'autre part, tes articles auraient été repris, « ressucés » par d'autres journaux de par le monde, créant ainsi un courant d'opinion favorable à ces gentils Kortzuun qui n'aspiraient qu'au bonheur d'autrui... Je te fais grâce du détail de leur raisonnement !

» Ce que ces dangereux mégalomanes ignoraient, c'est que, à l'instar de mon père, j'appartenais au groupe des Tritons *T*, dont le chef est l'un de mes meilleurs amis... Tritons, cela désigne communément les mutants amphibies, mais le *T* gothique, lui, désigne notre organisation secrète qui s'apprête à entrer en lutte avec les Kortzuun, lesquels les croient inof-

fensifs et acquis à leur doctrine. Je fus donc
envoyée en France et pris un billet pour la
croisière de l'étrange ; mes parents devaient y
participer, eux aussi, sous une identité différente, car nous n'étions pas censés nous connaître. C'était la première fois qu'on autorisait une famille entière à quitter l'île sans y
laisser d'otages, preuve que nul soupçon ne
pesait plus sur nous.

» Malheureusement, sur le point de rejoindre
le hall de l'intégrateur qui devait me projeter
dans votre continuum, je fus avisée qu'une
fouille des bagages allait être ordonnée. Je ne
pouvais donc plus emporter avec moi ni les
disques intégrateurs individuels ni le pistolet
thermique. Dora fut donc chargée de m'apporter ultérieurement ces intégrateurs et les armes
dont je risquais d'avoir besoin.

» Une première fois, elle parvint sans difficulté à tromper la surveillance du bâtiment
de l'intégrateur géant et me fit parvenir deux
pistolets thermiques et deux poignards. La
seconde fois, elle put utiliser le sas de l'intégrateur géant, mais sa sortie de *Kortzland II*
fut détectée, et un commando se lança à sa
poursuite. Elle parvint à lui échapper, prévenue in extremis par une bande de dauphins qui
l'escortaient à l'étape... Nous appelons « étape » la première émergeance de *Kortzland II*
qui, pour nous, amphibies, s'effectue plus facilement dans l'océan. La seconde translation
dans votre continuum s'opéra à peu près bien,
hormis cette erreur de localisation commise
par Dora qui la fit se blesser à la joue en
heurtant le mur de ma cabine.

» Revenue à elle, Dora te prit pour Helmuth ; elle savait qu'il venait parfois me rendre visite, mais ne l'avait encore jamais rencontré. C'est en bavardant avec toi, Gilles, en entendant ton vocabulaire sensiblement différent du nôtre qu'elle comprit sa méprise. Tu pouvais aussi, à ses yeux, être un Kortz vêtu « à la terrienne ». Affolée, elle se téléporta hors du *Renaissance* et tomba, j'ignore dans quelles circonstances, aux mains des Kortzuun. Sous la torture, la malheureuse a dû avouer qu'elle venait me voir. Même si elle n'a pas parlé des armes ni des intégrateurs individuels, l'aveu de sa visite leur a suffi pour réaliser que je les trahissais, cela après t'avoir sans doute gagné à notre cause et non point à la leur !

— Dès lors, tu devins l'ennemie, celle qu'il fallait abattre ! gronda Gilles Novak.

Avec un touchant élan de sympathie, le vieux M. Dupont s'exclama :

— Si besoin est, nous vous défendrons, mademoiselle Patricia ! Nous ne laisserons pas ces brutes vous faire du mal ! Nous...

Son exaltation fougueuse tomba brusquement et il se recroquevilla au pied de l'arbre, en roulant soudain des yeux inquiets autour de lui pour chercher d'où pouvait bien provenir ce bruit de pas dans la forêt.

— Plus un mot, grand-père ! souffla le peintre en l'entraînant vivement derrière l'énorme tronc rugueux pour suivre Gilles Novak et les deux jeunes femmes qui avaient dégainé leurs armes.

Les pas, provenant d'un groupe d'hommes chaussés de bottes, se rapprochaient...

CHAPITRE IX

A travers les buissons apparurent bientôt une quinzaine de Kortzuun, armés de pistolets thermiques et d'armes beaucoup plus volumineuses, qui s'apparentaient à des mitraillettes. En débouchant dans la clairière, ils s'arrêtèrent, se concertèrent à voix basse en désignant les traces laissées dans l'humus par les fugitifs.

Ils les suivirent en silence, redoublant de précautions et constatèrent qu'elles se séparaient en deux pistes, de part et d'autre d'un arbre au tronc énorme, aux longues branches innombrables croulant sous leur feuillage touffu. Manifestement, les fugitifs s'étaient séparés au pied de l'arbre pour fuir dans deux directions différentes.

Les Kortzuun se divisèrent en deux groupes et contournèrent le tronc massif. C'est alors qu'un feu d'enfer se déchaîna sur eux ! Réfugiés dans l'arbre et cachés par son épaisse frondaison, Gilles Novak et ses compagnons venaient d'arroser leurs assaillants avec leurs pistolets thermiques. Bénéficiant de l'effet de surprise, et les adversaires se trouvant en terrain découvert, ils abattirent huit d'entre eux, les brûlant atrocement.

Les autres eurent le temps de s'égailler dans la forêt, mais deux encore furent touchés et s'effondrèrent en hurlant de douleur. Autour d'eux, des buissons avaient pris feu et des flammèches enveloppaient leurs jambes carbonisées, léchaient déjà leurs corps secoués par les spasmes de l'agonie.

Dissimulés sur leur perchoir, Gilles et ses compagnons interrogèrent Patricia du regard.

— Il y a cinq survivants, chuchota-t-elle. Si nous les laissons s'échapper, ils donneront l'alarme. Il nous faut les prendre à revers. Vous sentez-vous capables de vous téléporter au-delà du boqueteau où ils se sont réfugiés ? demanda-t-elle en désignant, à une centaine de mètres, un groupe d'arbrisseaux extrêmement serrés.

— C'est le moment ou jamais de passer de l'entraînement à l'action directe ! fit valoir Gilles. Nous allons nous matérialiser en demi-cercle au-delà du boqueteau et converger ensuite en rampant. Prêts ?

— Et... et moi ? chevrota le vieux M. Dupont qui étreignait avec inquiétude la branche sur laquelle il s'était mis à califourchon.

— Vous, pas de blague, répliqua Floutard. Faites comme les singes.

— Comment cela ? s'étonna-t-il.

— Restez sur votre branche et attendez qu'on vienne vous chercher !

Fort mécontent, l'ineffable Arsène Dupont allait regimber, mais il dut remettre à plus tard ce projet : le feuillage des branches voisines s'était curieusement agité, et les deux

couples qu'il abritait s'évanouirent pour se rematérialiser instantanément à cent cinquante
mètres de là. Ils avaient choisi une zone de
hautes herbes dépourvue d'arbres pour éviter
tout accident au terme de la téléportation.

Tapis à plat ventre, à une dizaine de mètres
les uns des autres, ils progressaient à présent
vers le boqueteau. Le fait que ces Kortzuun
aient cherché ce refuge prouvait qu'ils n'ap-
partenaient pas à l'espèce mutante et qu'ils
n'avaient pas été dotés d'intégrateurs de structure individuels ; une négligence qui coûterait
assurément cher au responsable !

Lorsqu'ils ne furent plus qu'à quelques pas
des arbrisseaux, Gilles ouvrit le feu, donnant
le signal aux autres pour arroser copieuse-
ment de leurs rayons thermiques le refuge
des survivants. Les végétaux s'enflammèrent
immédiatement sous les dards violacés de ces
armes redoutables, et des cris, des râles éclatèrent, promptement étouffés par une seconde
salve.

Ils perçurent un pas de course qui s'éloignait : un Kortz avait pu s'échapper ! Gilles
n'hésita qu'une seconde et, courbé en deux,
courut à travers les hautes herbes tandis que
ses amis contournaient le boqueteau, non sans
l'avoir préalablement balayé une fois encore
avec leurs rayons thermiques.

En s'approchant de l'arbre qui avait été
leur sauvegarde, Gilles s'arrêta, interloqué :
un Kortz gisait à terre et, près de lui, le vieux
monsieur chauve, le derrière dans l'herbe, se
massait le crâne en faisant la grimace. Flou-

tard arriva à son tour, suivi des deux jeunes
femmes et s'exclama en se frottant les mains :

— Là, vous m'en bouchez un coin, grand-
père ! Bravo ! Vous l'avez bien eu ! Mais comment avez-vous fait, puisque vous n'étiez pas
armé ?

— Heu !... C'est-à-dire que... Je me suis un
peu trop penché, sur ma branche et... Enfin,
je suis tombé sur lui, voilà ! grogna-t-il en
continuant de palper son crâne poli.

Ses compagnons ne purent s'empêcher d'éclater de rire, ce qui le mit dans une rage folle.

— Insensés que vous êtes ! J'ai failli me
rompre le cou, je... je vous débarrasse d'un...
d'un de ces bandits et vous vous moquez de
moi ? Ah ! On ne m'y reprendra plus à faire
des croisières de l'étrange ! Ces émotions ne
sont plus de mon âge et je me plaindrai à la
Compagnie !

— C'est la grâce que je vous souhaite, monsieur Dupont ! fit la jeune Américaine sans
conviction, en débouclant le ceinturon du
Kortz pour le tendre, avec sa gaine de pistolet thermique, à l'irascible vieillard. Tenez,
vous ne pourrez plus dire que vous n'êtes
pas armé.

Incrédule, il avança la main, hésita, puis
s'empara du ceinturon qu'il boucla prestement
autour de sa taille. Il se releva aussitôt, se
sentant un autre homme, ramassa son chapeau, s'en coiffa, l'enfonça d'une tape et, soudain gonflé à bloc, demanda :

— Bon, quels sont les ordres, à présent ?

Ils se continrent pour ne pas rire de nouveau et le virent subitement porter sa main à

la gaine du pistolet. Les deux couples se retournèrent brusquement pour voir apparaître...
Helmuth, revêtu d'une combinaison dorée,
analogue à celle de Patricia et de Régine.

— Rangez vite votre artillerie, grand-père,
c'est un ami ! conseilla le peintre.

Helmuth vint les rejoindre rapidement en
arborant une mine soulagée.

— Je vous cherche depuis des heures ! Fort
heureusement, j'ai aperçu de la fumée, fit-il en
désignant les buissons qui achevaient de se
consumer. Une chance qu'il ait plu, hier, sans
cela, vous risquiez de provoquer un incendie !
Pour l'instant, ne nous attardons pas ici. La
disparition de cette patrouille sera bientôt
enregistrée au Q.G., et des recherches vont
êtres entreprises.

Baissant les yeux sur le Kortz assommé par
la chute d'Arsène Dupont, Helmuth questionna :

— Mort ou blessé, celui-ci ?

— Il n'est pas mort, fit Gilles en posant sa
main sur son cœur.

Helmuth garda un instant le silence, puis
conseilla à Patricia :

— Il faut conduire nos amis à la cataracte.
Partez les premiers, je vous y rejoindrai
dans une minute.

La jeune femme acquiesça et forma la
chaîne après que Gilles et Régine eurent ré-
cupéré leur fourre-tout resté sur l'arbre. Dès
qu'ils eurent disparu, Helmuth acheva le Kortz
évanoui et se téléporta instantanément sur un
promontoire rocheux, en retrait d'une im-

mense cataracte qui, dans un décor dantesque
de blocs erratiques, coulait d'une falaise, au
cœur de la forêt. Gilles et ses compagnons
s'étaient matérialisés à une dizaine de mètres
plus loin et rompaient la chaîne pour rejoindre
le pseudo-Allemand.

— Comment vont mes parents, Helmuth ?
s'enquit Patricia.

— Tout à fait bien, maintenant, rassure-toi.
Tu vas les revoir. Ils ont pu, de justesse,
échapper aux Kortzuun lorsque ta « trahison »
fut découverte. Nous les avons aidés à gagner
le refuge, car ils étaient encore assez mal en
point après leur... accident.

— Un accident de circulation, s'empressa-
t-elle d'expliquer à ses amis, sans juger bon
d'en dire davantage.

Gilles lui jeta un coup d'œil à la dérobée,
intrigué par cette réponse qui lui parut peu
vraisemblable. Certains détails, enregistrés durant la croisière, lui revinrent en mémoire, tel
un puzzle dont il s'efforçait de rassembler
tous les morceaux. La voix d'Helmuth, haus-
sant le ton pour dominer le grondement de
la cataracte, le tira de ses cogitations.

— Nous allons gagner notre refuge auquel
on peut accéder notamment par cette chute.
Vous n'êtes pas encore suffisamment habi-
tués aux téléportations pour vous y risquer
individuellement. Reformons la chaîne et vous,
monsieur Dupont, fermez les yeux, la translation s'opérera plus facilement ainsi.

Ils s'exécutèrent et, après une seconde de
vertige, ils se retrouvèrent sous une immense
voûte de roc avec, derrière eux, le mur li-

quide de la cataracte qui paraissait éblouis-
sant sous l'éclat du soleil. La vaste caverne
agissait comme un caisson de résonance qui
amplifiait le formidable grondement de la
chute. Incapables de communiquer autrement
que par signes, ils obéirent au geste d'Helmuth
qui les entraîna vers la paroi gauche. Là, il
saisit à pleines mains une des stalagmites dont
le sol rocheux était hérissé et lui imprima un
mouvement de rotation, une fois vers la
gauche et deux fois vers la droite. Dans le
mur de roc, un panneau chargé de concrétion
calcaire s'enfonça, s'écarta pour leur livrer
passage.

Lorsqu'ils l'eurent franchi, le panneau se
referma et, de place en place, de plaques élec-
troluminescentes rayonna une lumière douce
dans un boyau assez large qui descendait à
l'intérieur de la falaise.

Tout en progressant aux côtés du peintre,
le vieux M. Dupont chuchota, en désignant
leur guide du menton :

— Vous le connaissez bien, celui-là ? Vous
êtes sûr qu'il est des nôtres, oui ?

— Nous en avons eu la preuve, à bord du
Renaissance, tranquillisez-vous, grand-père.

— Bon, j'aime mieux ça... Et cessez de m'appeler grand-père, nom d'une pipe ! Je
m'appelle Dupont.

— Très bien, Arsène.

— Vous avez de ces familarités ! bougonna-
t-il en levant le ton.

— Parlez plus bas ! chuchota Floutard en
feignant l'inquiétude.

Immédiatement, le vieux monsieur se cramponna à lui en roulant des yeux alarmés.

A une vingtaine de pas devant eux, une draperie de lumière violette apparut tandis qu'une voix métallique ordonnait :

— Stop. Présentez-vous au contrôle.

Immédiatement, derrière eux, un autre écran violacé venait d'illuminer le conduit souterrain.

— Coincés ! marmonna M. Dupont. Ça allait trop bien.

— Rassurez-vous, l'apaisa la jeune Américaine. Ces champs de force font partie de notre système de défense, mais ils ne nous électrocuteront pas.

Helmuth s'était avancé de quelques pas encore pour se placer devant l'objectif d'une télécaméra qui venait d'émerger de la paroi de roc. Tandis qu'il fournissait les explications requises, la caméra pivota pour braquer son œil électronique sur les autres membres du groupe.

Les deux écrans électrocuteurs furent interrompus et ils purent poursuivre leur chemin.

— Si vous aviez été plus familiarisés avec la téléportation, commença Patricia, nous aurions pu nous matérialiser directement au sein du refuge, ce qui nous eût évité cette longue marche sous terre.

Longue, leur marche le fut puisqu'ils durent progresser ainsi pendant près d'une heure, descendant toujours plus avant dans ce boyau faiblement éclairé.

Ils aboutirent enfin dans une gigantesque

caverne dont le sol, débarrassé de ses stalagmites, avait été cimenté ; des sortes de
blockhaus massifs, percés de baies vitrées,
portant deux ou trois étages, s'y alignaient de
part et d'autre d'un lac dont l'eau glauque
miroitait comme une nappe de mercure sous
les projecteurs suspendus entre les stalactites.

Des hommes et des femmes, jeunes pour la
plupart, revêtus de combinaisons dorées, cir-
culaient parfois entre les bâtiments. L'eau du
lac s'agita et, bientôt, dans un jaillissement
d'écume, deux dauphins fusèrent dans l'air,
restant un instant hors de l'eau en maintenant
leur équilibre vertical par un simple batte-
ment de leur nageoire caudale avant de re-
plonger. D'autres dauphins montèrent à la
surface avec, à califourchon sur leur dos, trois
hommes et deux jeunes femmes qui, pour
toute parure, portaient un ceinturon avec un
poignard, une torche électrique et la gaine
d'une arme volumineuse.

Helmuth pressa le pas pour aller les accueillir. Les trois hommes et les deux jeunes
femmes, après avoir caressé la tête et le mu-
seau de leurs singulières montures, prirent
pied sur la berge du lac souterrain et, nullement gênés par leur totale nudité, ils adres-
sèrent un signe amical à Helmuth.

Gilles masqua son sourire en voyant le
vieux M. Dupont scandalisé par ce qu'il devait
considérer comme de l'exhibitionnisme et
autre attentat à la pudeur ! Et pourtant, quoi
de plus naturel pour ces mutants amphibies
que de nager dans le plus simple appareil ?

Les Tritons, élevés parmi les dauphins, aussi à l'aise sur terre que dans l'élément liquide, ne s'embarrassaient point de tels préjugés issus de l'hypocrisie inculquée par une société subissant des tabous hérités de telle ou telle religion. Une société étriquée, partiale, oppriante et ignorant la beauté, le côté sain et pur du naturisme. Car c'est précisément dans cette société refoulée que sont courants les vices et les méfaits et non point dans les communautés qui pratiquent cette forme de communion avec la nature.

Helmuth présenta ses amis aux Tritons qui venaient d'émerger du lac et questionna l'un d'eux, un hercule aux cheveux roux.

— Rien à signaler dans ce secteur ?

— Nous avons aperçu une vedette armée qui patrouillait le long de la côte. L'officier kortz nous a demandé si nous n'avions rien remarqué d'anormal. Il paraît que des... éléments dangereux se trouvaient à bord du *Renaissance* intégré cet après-midi dans l'hyperchamp de l'île, sourit-il en jetant un regard amusé à Gilles et à ses compagnons.

— Ce lac communique donc avec la mer ? s'étonna M. Dupont en veillant bien à ne point porter ses regards plus bas que le menton des mutants amphibies.

— La présence des dauphins l'indique, répondit Gilles en se baissant pour retirer l'Icarex du fourre-tout. Puis-je prendre des photos, Helmuth ?

— Tant que tu voudras... à condition qu'elles ne sortent pas d'ici, rit-il. Plus tard...

si nos plans réussissent, tu pourras alors les publier dans *LEM*.

Déçu, mais comprennant fort bien cette mesure de sécurité, il photographia le groupe des mutants avec, en arrière-plan, deux dauphins qui fusaient hors du lac en poussant une sorte de jappement joyeux. Le vieux M. Dupont s'était vivement écarté pour sortir du champ de cette photo qu'il jugeait parfaitement indécente !

Helmuth les invita à le suivre dans l'un des bâtiments en béton et les introduisit dans une grande pièce où trois jeunes femmes, en collant doré, observaient une série d'écrans de télévision. Sur l'un d'eux figurait le *Renaissance* amarré dans le port de *Kortzland II*.

— Comment les choses se sont-elles passées, Lydia ? questionna Helmuth en s'adressant à l'une des opératrices tandis que Gilles et ses amis contemplaient l'image du paquebot avec une certaine nostalgie en évoquant les si agréables moments passés à bord... avant que les Kortzuun n'entrent en scène.

— Assez bien, pour cette première journée, répondit-elle. Le service de sécurité du Q.G. a invité les passagers à quitter le navire en précisant qu'ils seraient libres de se promener dans la cité mais en les prévenant toutefois qu'ils ne devraient point s'en éloigner. Cette mise en garde s'imposait d'ailleurs, à cause des champs électrifiés qui ceinturent la périphérie de la ville. Les passagers ont reçu l'ordre de rejoindre leur bord à la tombée de la nuit ; demain, ils seront hébergés dans les bâtiments neufs destinés aux nouveaux venus, passagers de navires ou d'avions intégrés dans notre ligne de temps.

— C'est donc demain seulement que commencera leur... endoctrinement, soupira Patricia. Ils apprendront alors qu'ils sont désormais forcés de vivre ici et qu'ils doivent coopérer avec les Kortzuun. Ces derniers s'efforceront, au début, de convaincre les récalcitrants par la persuasion et, s'ils n'y parviennent pas, les réfractaires seront dirigés vers les centres de conditionnement.

— Ils ne seront pas... exécutés ? s'inquiéta le journaliste.

— S'ils n'y sont pas vraiment contraints, les Kortzuun les laisseront en vie pour les endoctriner par des moyens hypnotiques et des drogues abaissant leur quotient de discernement. La population de *Kortzland* est encore trop réduite pour qu'ils se permettent de se passer de main-d'œuvre. C'est seulement dans le monde de votre continuum qu'ils projettent d'organiser des pogroms et le massacre des opposants.

Soudain, les images figurant sur les divers écrans devinrent floues et tremblotèrent pendant quelques secondes avant de reprendre leur netteté première.

— C'est bizarre, murmura Lydia en réglant un bouton de contrôle. Depuis quarante-huit heures, la réception des images est mauvaise. Et ce n'est pas seulement chez nous que cela se produit, mais aussi chez les Kortzuun de la cité.

Helmuth fronça les sourcils, perplexe, puis il composa un numéro sur un clavier sélecteur, et l'image d'un vieillard apparut sur un écran auxiliaire.

— Bonjour, professeur Grant, prononça-t-il, avec un aimable sourire. Comment vont vos enfants ?

Le visage du vieillard se rembrunit.

— Vous pouvez parler, Helmuth, j'ai branché le dispositif interférentiel. Nos « hôtes » sont arrivés ?

— Ils sont à mes côtés, professeur. J'apprends à l'instant seulement que, depuis quarante-huit heures, la transmission des images s'opère mal, chez nous et... chez les Kortzuun. Cela s'était produit, déjà, il y a plusieurs années et vous m'aviez paru alors inquiet.

Le vieillard remua la tête, soucieux.

— Mon cher Helmuth, j'ai la plus grande admiration pour le génie de Kortzreisen, bien que je désapprouve totalement ses visées démentielles, et je crains fort d'avoir eu raison lorsque, à maintes reprises, je l'ai mis en garde contre les dangers que pouvaient présenter les manipulations du temps et de l'espace ! Nous avons... Enfin, *il* a soulevé un coin du voile qui masque l'immense inconnu des tenseurs spatio-temporels, mais nous ne savons pas, nous ne *pouvons* pas voir ce qu'il y a au-delà. Ce préambule pour vous confirmer que, depuis avant-hier effectivement, tous nos systèmes électroniques subissent des altérations sporadiques. Chose plus grave, la constante de gravitation sur *Kortzland* s'est modifiée. Oh ! la variation est infinitésimale, certes, néanmoins, nos appareils l'ont enregistrée.

Gilles vint se pencher sur l'épaule d'Helmuth pour entrer dans le champ de l'objectif. Il salua le vieillard, lui fut présenté et hasarda une question.

— Avez-vous le moyen de contrôler... ou de vérifier la constante temporelle de ce continuum où nous sommes... prisonniers, professeur Grant ?

Le savant le considéra avec surprise.

— Voilà bien une question stupéfiante, monsieur Novak, pour quelqu'un qui n'est point un scientifique et surtout aucunement familiarisé avec un domaine de la recherche encore... inabordable pour vos hommes de science. Votre imagination, votre intuition vous ont fait... deviner ou soupçonner une vérité que vos contemporains jugeaient absolument fantastique... ou délirante ! Oui, nous sommes en mesure de vérifier, par analyse comparative, l'écoulement du temps *ici* et dans votre continuum.

— Avez-vous enregistré un... décalage ?

— Oui, insignifiant lors des premières anomalies gravitationnelles, il y a de cela des années, mais plus marquées depuis ces dernières quarante huit-heures.

— Et ce décalage va de pair avec la modification de *votre* constante gravitationnelle ?

— Vous êtes étonnant, monsieur Novak ! C'est effectivement ce que nous avons constaté depuis deux jours.

Patricia, Floutard, Régine et le vieux M. Dupont suivaient ce dialogue dont le sens leur échappait. Cependant, l'expression tendue des deux hommes leur faisait entendre que tout cela ne présageait rien de rassurant.

— Et si ce décalage s'accentue, professeur, que risque-t-il de se produire ? Une... rupture irréversible entre notre continuum et le vôtre, c'est bien cela ?

— Cela peut arriver, oui, admit le professeur Grant. Et nul contact ne serait plus possible, alors, entre votre présent et le nôtre que sépare un gouffre d'au moins douze à treize mille ans ! Vous seriez désormais prisonniers de cette île, perdue dans le passé... et le rêve fou de Kortzreisen ne se réaliserait jamais : votre monde resterait à l'abri, défi- nitivement, de la domination des Kortzuun. Je vous rappellerai ! lança-t-il précipitamment avant de couper le contact.

Gilles et Helmuth se redressèrent, sou- cieux. Ce dernier prit une décision.

— Lydia, convoquez la totalité des Tritons au refuge, ce soir à 9 heures. Seuls les com- mandos viendront prendre les ordres ici, les autres resteront en immersion et attendront les consignes, à l'entrée de la grotte sous- marine.

A la façon dont ce Végan prenait les ini- tiatives et distribuait ses ordres, raisonna Gilles, il devait être le chef de l'organisation secrète des Tritons ; celui dont Patricia avait précisé qu'il était l'un de ses meilleurs amis.

Helmuth conduisit ses hôtes dans le réfec- toire du refuge, leur fit servir un copieux re- pas et déclara :

— Le professeur Grant, sur le plan scientifique seulement, est le disciple de Kortzreisen ; en son absence, c'est lui qui a la charge
de l'intégrateur géant, mais sa liberté n'est pas
complète. Kortzreisen sait fort bien qu'il ne
partage pas « tout à fait » ses conceptions ;
toutefois, il a besoin de lui pour le seconder
et s'il lui a confié ce poste important, c'est
parce qu'il le sait sous la surveillance du service de sécurité. Grant est un savant remar-
quable. Lorsqu'il a consenti à entrer dans
notre organisation, il a conçu un dispositif
capable d'isoler complètement son réseau vi-
déo afin de pouvoir communiquer sans risque
avec nous. Nous lui devons aussi les champs
d'énergie qui protègent le boyau d'accès au
refuge et bien d'autres installations techni-
ques.

— En convoquant ici, cette nuit, la totalité
des membres de votre organisation, qu'espè-
res-tu ? s'informa Gilles.

— Attaquer le Q.G. et nous rendre maîtres
du bunker qui donne accès à l'intégrateur
géant. Le danger qui pèse sur l'île s'accroît
de façon alarmante ; nous devons passer à
l'action. Avec l'aide du professeur Grant, l'intégrateur sera réglé sur le futur et nous pro-
jettera vers l'époque à laquelle vous avez été
arrachés.

— Et les autres passagers du *Renaissance* ?
s'inquiéta Gilles. Allons-nous les abandonner ?

— Il n'en est pas question, Gilles, répondit Patricia. D'ailleurs, l'intégrateur géant dé-
veloppe un hyperchamp fantastique ; il est

conçu pour transférer d'un continuum à un autre des masses considérables, telles celles que représentent des avions en vol ou des navires en mouvement. Pour évacuer l'île... et quitter le passé, il nous faudra donc retourner à bord du *Renaissance*.

— Cette nuit même, précisa Helmuth, alors que les passagers seront à bord.

— Ton plan, quel pourcentage de chances de réussite lui accordes-tu, très franchement ?

— Cinquante pour cent, Gilles, si nous agissons en synchronisme parfait.. Dix pour cent si l'un des commandos seulement rate son coup, dans la mission qui lui aura été assignée, car l'échec de l'un entraînera fatalement le déclenchement de l'alerte générale.

Le vieux M. Dupont déglutit avec peine et balbutia :

— Vous... vous ne pensez pas qu'il serait préférable de... de vous roder encore un peu, avant de tenter une telle aventure ? Dix pour cent de chances, c'est plutôt maigre !

— Cela vaut mieux que « zéro pour cent », monsieur Dupont, et c'est ce qui nous est réservé si nous attendons davantage, fit Helmuth. Je compte mettre fin à profit ces altérations du fonctionnement des transmissions constatées depuis quarante-huit heures pour agir ; de la sorte, lorsque nous aurons bloqué le central des transmissions, l'interruption des communications passera pour une panne normale... Du moins pendant plusieurs minutes.

— Et l'on peut faire quantité de choses,

pendant plusieurs minutes ! souligna Gilles.
Maintenant, Helmuth, si tu nous expliquais
ton plan ? Nous n'avons pas du tout l'intention de jouer au bridge pendant que se dérou-
leront les opérations, n'est-ce pas, Charles ?

— Je pense bien ! fit le peintre en se frottant les mains et prenant goût à cette vie
d'aventure. D'ailleurs, j'ai horreur des cartes !

— Heu !... Moi aussi, hasarda timidement le
vieux M. Dupont. Que pourrais-je faire pour
vous être utile, monsieur Helmuth ?

Avec sa truculence méridionale, Floutard
plaisanta :

— Depuis qu'il a sonné un Kortz en tombant d'une branche, notre brave pépé ne rêve
plus que d'actions héroïques !

En s'efforçant de garder son sérieux devant
cette scène cocasse et pour devancer l'explosion d'indignation qu'il redoutait chez l'irascible Arsène Dupont, Helmuth annonça :

— Voici quel rôle j'entends ce soir proposer
à chacun, dans le cadre des opérations prévues...

*
* *

A l'issue du repas pris dans le réfectoire
de la base, nantis des consignes distribuées
par Helmuth, ils fumaient des cigarettes en
attendant l'arrivée des commandos tritons.

Gilles profita de ce moment de répit pour
questionner Patricia sur divers points restés
obscurs pour lui.

— Lorque tu as plongé du pont du *Renais-*

sance pour rejoindre les dauphins, quelqu'un m'a mis knock-out. J'aimerais bien savoir « qui » et « comment » ?

Helmuth répondit à sa place :

— J'espère que tu me pardonneras, Gilles ; c'est moi qui t'ai attaqué, avec un pistolet hypnogène, pour t'empêcher de donner l'alarme en voyant Pat se jeter à la mer. Les dauphins sont nos alliés : ils venaient régulièrement transmettre nos messages à Patricia.

— Je te pardonne bien volontiers, sourit-il. Et cette île surgie au large des Canaries, que nous avons prise pour l'île de Saint-Brandan ?

— C'était là un phénomène relativement fréquent, un « accident » qui découle parfois des manipulations de l'espace et du temps provoqués par les Kortzuun. Il arrive ainsi que l'image de *Kortzland II* se projette parfois, temporairement, dans votre continuum.

— D'accord, fit Floutard, mais Gilles nous a appris que l'île de Saint-Brandan était apparue bien des fois, depuis le Moyen Age, donc à une époque où les Kortzuun n'existaient pas encore.

— Réfléchis, conseilla le journaliste. Les Kortzuun ont aménagé cette île depuis une vingtaine d'années seulement, mais as-tu oublié *qu'elle existe dans un passé vieux d'environ douze millénaires* ? Que cette cité, ce port, ces bateaux et avions qui y ont été attirés, se trouvent présentement *dans ce passé-là* ? Ce n'est donc pas seulement depuis le Moyen Age que cette,... image-fantôme a dû apparaître

de temps à autre dans notre continuum, mais
bien depuis quelque douze mille ans !

La porte du réfectoire s'ouvrit. Gilles tourna machinalement la tête et, sidéré, se leva
brusquement, imité par Floutard et Régine.
Souriants, deux couples s'avançaient : les Américains rencontrés à l'auberge de *La Commanderie* de Ventabren ! Ces deux hommes, qu'ils
avaient vu disparaître, « consumés » dans une
étrange flamme froide, étaient là, en parfaite
santé, avec leurs compagnes !

Avec un cri de joie, Patricia s'était jetée
dans les bras de celui qu'elle avait appelé
Bill, pour embrasser ensuite son épouse. Elle
revint avec eux auprès de ses amis et annonça, amusée par leur expression ahurie :

— Je vous présente mes parents... Tranquillisez-vous, ce sont bien eux et non point
leurs fantômes !

Gilles fut le premier à se reprendre.

— Je me doutais que Gaulton n'était pas
ton nom, Patricia ! En fouillant ta cabine,
j'avais relevé, sur une marque de pressing
accrochée à la doublure de l'une de tes robes,
le nom de *P. Hallbrook* ! Ce nom, par la
suite, je me suis souvenu qu'il était aussi celui
de ce touriste américain amateur d'art et
acquéreur de deux toiles de mon ami Floutard !

— Mais alors ! s'exclama ce dernier. Ce qui
vous est arrivé à *La Commanderie* ?

— Simple incident, encore que fort rare depuis des années, dû aux séquelles de l'hyperchamp engendrée à bord de l'escorteur qui fit

les frais de la *Philadelphia Experiment*, sourit
Bill Hallbrook. Nous avons « disparu » de
Ventabren pour nous rematérialiser sur
Kortzland II assez mal en point, il faut bien
le dire, mais nos jours n'étaient pas en danger.
En revanche, nous avons dû fuir et nous ca-
cher dès l'instant où les Kortzuun se sont
aperçus que notre fille les avait bernés !

Il serra tendrement celle-ci sur sa poirine.

— Beau travail, Pat, nous sommes vraiment fiers de toi !

— Ne nous attendrissons pas, plaisanta-
t-elle. Si vous avez pu sortir de l'auberge de
La Commanderie, nous tous, ici, ne sommes
pas encore sortis de l'auberge... tout court,
comme le diraient nos amis français !

Une jeune femme au collant doré entre-
bâilla la porte et annonça :

— Les commandos arrivent, Helmuth.

Ce dernier se leva et entraîna ses compagnons vers le lac souterrain d'où émergeaient,
par centaines, des Tritons non plus dévêtus,
mais moulés dans une combinaison collante
noire, infiniment propice à leur mission noc-
turne. A leur ceinturon étaient accrochés, dans
leur gaine étanche, un pistolet thermique, un
pistolet hypnogène et un poignard à lame
très effilée. Des dauphins venaient folâtrer
autour d'eux en soulevant des gerbes d'écume
blanche sous l'éclat des projecteurs.

Régine avait saisi son Contaflex et mitrail-
lait pacifiquement cette scène étonnante dans
le décor de l'immense caverne illuminée a
giorno.

Les Tritons, par groupes de vingt et de trente, s'étaient disposés autour du lac ; Helmuth passait de l'un à l'autre en distribuant ses consignes au chef de chaque groupe. Lorsqu'il eut achevé, il alla se placer face aux divers commandos et rappela :

— Le signal de nos actions combinées sera déclenché par l'extinction de toutes les lumières de la ville, lorsque le premier commando aura exécuté sa mission. Tout devra se dérouler ensuite dans un synchronisme le plus parfait possible. N'utilisez vos emetteurs-récepteurs individuels qu'en cas de nécessité absolue, chaque fois qu'un commando aura accompli sa tâche, il devra se borner à prévenir les autres en émettant le nombre d'impulsions correspondant à son numéro. De la sorte, si ces « bips » très brefs devaient être captés par les Kortzuun, cela ne signifierait rien pour eux. Et comme, seuls, dix commandos se répartiront les actions primordiales durant la première phase du plan prévu, le nombre d'impulsions sera tout à fait négligeable.

» Il est 20 h 30. A 22 heures, tous les commandos et les groupes de couverture devront être en place, prêts à agir. Ce laps de temps est amplement suffisant pour permettre la répartition des effectifs par téléporta... »

— Helmuth !

Ce cri lancé depuis le bunker de contrôle par une opératrice l'interrompit et il courut la rejoindre après avoir, du geste, intimé l'ordre aux commandos d'attendre son retour.

Il demeura absent trois ou quatre minutes et revint au pas de course, l'air soucieux.

— Mes amis, annonça-t-il aux Tritons, je viens de recevoir un message... alarmant. Le temps me fait défaut pour vous en exposer la teneur, mais il importe d'agir *très* vite ! L'opération générale sera déclenchée à 21 heures et non pas à 22 heures. Doublez ou triplez s'il le faut les effectifs des commandos et ne faites pas de quartier. Tirez sans sommation sur tous les Kortzuun rencontrés ; vos missions remplies, téléportez-vous sur l'aérodrome et répartissez-vous dans tous les avions disponibles. Les commandos N, M et R devront avoir au préalable nettoyé le secteur et pourvu chaque appareil de son équipage. Ceux qui n'auront pas leur place à bord des avions devront se téléporter sur les paquebots et navires ancrés au port ou mouillant au large. C'est tout. Exécution !

La plage circulaire, les abords du lac qui, une seconde plus tôt, grouillaient de Tritons attentifs aux consignes, redevinrent déserts : les commandos s'étaient instantanément téléportés aux divers points convenus.

— Ce message, Helmuth ? demanda le journaliste. Il émanait bien du professeur Grant, n'est-ce pas ?

Le pseudo-Allemand inclina la tête sans plus chercher à masquer son inquiétude.

— Les anomalies gravitationnelles s'accentuent d'heure en heure sur *Kortzland II* et le décalage entre l'écoulement du temps ici et dans votre continuum suit la même courbe !

— Et c'est... grave ? bredouilla le vieux M. Dupont en triturant nerveusement son chapeau de paille.

— Nous risquons d'être coupés, d'une minute à l'autre, de toute possibilité de réintégrer notre époque, répondit Gilles Novak.

— Venez, ordonna Helmuth. Nous aussi, nous avons une mission à remplir.

Ils le suivirent dans un bunker où des jeunes filles en collant doré achevaient de caser dans de gros sacs en plastique des pistolets thermiques, des pistolets hypnogènes et, dans d'autres, des sortes de mitraillettes volumineuses au canon évasé. Une trentaine de sacs bourrés d'armes s'alignaient contre le mur de béton.

— Mais nous ne sommes que neuf en comptant les parents de Patricia et leurs amis ! fit M. Dupont. Nous ne parviendrons pas à transporter tous ces sacs !

— Si, car notre refuge compte encore vingt et un Tritons, hommes et femmes, répartis dans ces bunkers, expliqua Helmuth en soulevant l'un des sacs pour en passer la courroie à son épaule.

Les autres l'imitèrent tandis que, des divers édifices, accouraient les derniers Tritons. Après avoir aidé Régine à soulever son sac, Floutard donna au vieux monsieur chauve son fourre-tout photographique et celui de Gilles Novak.

— Tenez, grand-pè... monsieur Dupont, se reprit-il. Chargez-vous de ça et je prendrai votre sac en plus du mien.

— Pas de favoritisme, jeune homme ! protesta-t-il en faisant mine de soulever un sac rempli de mitraillettes.

Surpris par le poids et ayant mal calculé son mouvement, il se retrouva le bas du dos par terre. Vexé, il ramassa son chapeau et, en bougonnant, se contenta des deux fourre-tout du matériel photographique.

— C'est bon, c'est bon, puisque vous ne voulez pas de moi pour ce transport d'armes !

Helmuth embrassa du regard le groupe chargé des sacs et, avant de donner l'ordre du départ, fit cette recommandation :

— Monsieur Dupont, nous n'avons plus le temps d'emprunter le boyau menant à la cataracte. Nous allons nous téléporter directement sur le *Renaissance*. En raison de votre manque certain d'entraînement — cela vaut aussi pour vos amis, rassurez-vous ! — il vous faudra une fois encore fermer les yeux et tenir *à tout prix* les mains de vos compagnons, dans la chaîne que nous allons former. N'oubliez pas que nous ne sommes pas à l'air libre, mais sous une formidable masse de roc... ce qui accroît le danger pour des personnes inexpérimentées. Formons la chaîne... et, à notre arrivée, que chacun accomplisse la tâche qui lui a été fixée...

Ils se concentrèrent, ployant sous leur charge et disparurent instantanément pour apparaître en transition sur le *sundeck* du *Renaissance*, désert à cette heure de la soirée, bien que de nombreux passagers fussent sur le pont-promenade ou ailleurs, dans l'immense paquebot.

Le vertige consécutif à leur téléportation fut de brève durée ; exécutant les consignes reçues, ils déposèrent prestement leurs sacs, se munirent chacun d'une puissante mitraillette à rayonnement thermique et gagnèrent leur poste respectif pour assurer la défense du navire.

Le vieux M. Dupont, tout frétillant à l'idée de jouer un rôle actif dans cette opération d'envergure, déposa sur le pont les fourre-tout, sortit son pistolet thermique et courut vers la passerelle du commandant. Sur le point d'ouvrir la porte, il se ravisa, jeta un coup d'œil par une baie vitrée et aperçut un groupe d'officiers qui bavardaient, à l'autre extrémité, près du chadburn. Il gloussa silencieusement et, ménageant ses effets, se téléporta directement à l'intérieur de la passerelle. Las, ayant mal calculé en raison de son inexpérience, il se matérialisa un peu trop près du commandant et lui donna une poussée involontaire qui lui fit perdre l'équilibre et tous deux se retrouvèrent sur le parquet ! Furieux, l'officier se releva et resta bouche bée devant le vieillard qui semblait — et c'était bien le cas ! — avoir jailli du néant.

— Pardonnez ma maladresse, commandant, mais ne me demandez pas d'explication. Si vous voulez que nous recouvrions tous notre liberté, il faut scrupuleusement suivre les ordres de Gilles Novak... Oui, il a rejoint le bord, avec un groupe de Tritons... C'est vrai, vous ne savez pas, mais cela ne fait rien. *Primo*, vous devez immédiatement ordonner à tous les passagers de regagner leur cabine et de s'y enfermer jusqu'à nouvel ordre ; *secundo*, vous devez rassembler tous les membres de l'équipage sur le *sundeck* où ils recevront des armes pour assurer la protection du navire ; *tertio*, vous tenir prêts à abattre les Kortzuun qui pourraient faire mine d'envahir le bord.

Abasourdi par cette succession de consignes débitées d'une traite, le commandant ouvrit la bouche, mais le vieux monsieur chauve le devança.

— Si vous ne me croyez pas, vous pouvez vous rendre sur le *sundeck* ; vous y trouverez Gilles Novak, Floutard, Mlle Véran, Patricia et une vingtaine de Tritons. Ah ! une chose importante que j'allais oublier. Les Tritons, qui sont nos amis, sont revêtus d'un collant doré ou d'un collant noir — ce sont les commandos, ceux-là — quant aux Kortzuun qu'il faudra abattre, vous les reconnaîtrez aisément en cela qu'ils arborent des combinaisons collantes gris métallisé... semblables à celle que Gilles Novak portait lors du bal masqué. Exécution...

Il porta comiquement les doigts devant sa bouche et s'excusa :

— Oh ! pardon, comandant !

Estomaqué, ce dernier finit par se décider à aller vérifier les dires de cet « énergumène », de cet « exalté » qui lui inspirait fort peu confiance, mais, parvenu sur le *sundeck*, il ne

tarda pas à se rendre à l'évidence : Gilles Novak et tous ses compagnons — dont ces
hommes et ces femmes en collants dorés,
armés de pistolets ou de mitraillettes — ne
semblaient pas s'être mis en position le long
du bastingage simplement pour admirer le
paysage !

— Commandant, déclara le rédacteur en
chef de *LEM*, d'une minute à l'autre, toutes
les lumières de *Kortzland II*, c'est le nom de
cette île et à la fois de cette cité, vont s'éteindre. Ce sera là le signal de l'attaque de ses
points névralgiques par des commandos puis-
samment armés. Nous vous demandons de
faire exécuter immédiatement les consignes
que M. Dupont a dû vous transmettre, lorsqu'il est entré dans votre poste.

— Il n'y est pas entré, monsieur Novak...
Il s'y est matérialisé... assez près de moi,
répondit l'officier, encore sous le coup de la
stupeur.

— Monsieur Dupont ! s'exclama Patricia,
avec une moue de reproche amusée. Mais vous
faites des progrès !

Brusquement, les lumières de la ville tremblotèrent, puis s'éteignirent. Le « pacha » du
Renaissance tiqua, mais ne perdit pas une seconde.

— Comptez sur moi, monsieur Novak, je
vais donner des ordres en conséquence et
consigner les passagers dans leurs cabines.
Seules les hôtesses et les femmes de chambre
resteront à leur poste ; l'équipage viendra vous
rejoindre dans quelques minutes...

Il s'éloigna au pas de course tandis qu'Helmuth retirait de son sac un télévisionneur — émetteur-récepteur — portatif dont il étira l'antenne bifide. Au bout de quelques minutes d'attente, l'image du professeurt Grant apparut sur le petit écran.

— Vos commandos ont manœuvré de main de maître, Helmuth ! Ce sont des techniciens avisés : ils ont déconnecté les câbles d'alimentation de la centrale et détruit le poste de dérivation, mais ont su préserver ceux qui alimentent l'intégrateur géant. Désormais, vous êtes le seul avec lequel je puisse communiquer. C'est un avantage, mais cela offre aussi l'inconvénient de nous mettre dans l'impossibilité de contrôler, par télévisionneur, la bonne marche des diverses opérations.

— Bloquez le champ de l'intégrateur à son rayonnement maximal, professeur et, après avoir réglé le contacteur sur l'heure limite, venez nous rejoindre. Le commando qui assurera votre recueil et votre protection est en place et vous attend, aux portes du Q.G.

Le vieillard secoua lentement la tête en ébauchant un pâle sourire.

— Cela n'est pas possible, Helmuth. J'ai fait savoir à ce commando qu'il pouvait consacrer son temps à une besogne plus urgente. L'attaque et l'investissement du P.C. sont inutiles : j'ai colmaté les portes et fenêtres de mon laboratoire et libéré un gaz toxique, véhiculé par les climatiseurs, dans l'ensemble du bâtiment. Je suis le seul survivant, ici, et n'ai besoin d'aucune protection.

Non ! fit-il en levant la main pour parer l'objection. Je ne puis laisser à un contacteur automatique le soin d'activer l'intégrateur géant dont dépend votre sort à tous.

— Mais vous vous condamnez en agissant ainsi ! s'écria Gilles Novak en se baissant auprès d'Helmuth pour entrer dans le champ du télévisionneur portatif.

— Il faut sauver près de sept mille Tritons et quelque trois milles personnes, cloîtrées sur cette île depuis leur intégration bien involontaire ! Ne croyez-vous pas que cela compte plus que ma vie... qui est, de toute manière, bien près de finir ?

Le vieillard tourna vivement la tête, regarda avec attention quelque chose, hors du champ de la caméra et refit face à ses interlocuteurs.

— Le décalage temporel et gravitationnel s'accentue de façon alarmante, mes amis ! La courbe s'élève maintenant en dent de scie, c'est curieux, mais cela ne correspond plus à ce à quoi je m'attendais. La rupture définitive entre nos deux « continuum » devrait s'annoncer par une montée croissante de la courbe d'alerte et non point par ces dents de scie... Helmuth, vite, dites-moi si vos commandos ont achevé leurs missions respectives !

Le pseudo-Allemenad, le front en sueur, consulta une série de voyants lumineux sur un instrument rectangulaire fixé à son poignet.

— Non, professeur. Les commandos cinq, sept et neuf n'ont pas encore lancé l'impulsion annonçant l'exécution de... Le sept vient

de s'allumer ! Il n'en reste plus que deux :
ceux qui doivent couvrir l'embarquement des
Tritons à bord des avions.

— Tant pis, mon cher Helmuth, je vais
être obligé d'actionner les génératrices de secours commandés de mon P.C., afin d'alimen-
ter les haut-parleurs de la cité. Je ne peux
pas abandonner ces exhilés à leur sort ! Restez à l'écoute et vous entendrez le message
que je vais diffuser...

Gilles, anxieux, se mordillait la lèvre infé-
rieure. Patricia s'accroupit près de lui, l'enlaça
en murmurant :

— En supposant le pire, Gilles, nous serons
bloqués, dans le passé, mais nos commandos
se sont pratiquement rendus maîtres des
points névralgiques ; réduire les Kortzuun ne
devrait pas présenter, à présent, beaucoup de
difficultés. Nous pourrions alors vivre libres
et débarrassés de l'hégémonie de ces fous
criminels.

— Mon pauvre chou, chuchota-t-il. Tu n'as
pas « supposé » le pire : ce n'est point une
rupture spatio-temporelle ni notre isolement
ici qui nous guette.

Le peintre avait entendu et sursauté en
même temps qu'Helmuth.

— Et c'est quoi, qui nous guette ?

— Je voudrais me tromper, mon vieux
Charles, mais j'ai peur d'avoir compris ce
que signifiaient ces anomalies gravitationnelles associées à cette courbe temporelle en
dents de scie...

La voix du professeur Grant, s'adressant

aux personnes intégrées sur l'île à la suite des innombrables « disparitions » d'avions et de navires, dans le Triangle de la Mort, l'empêcha de poursuivre.

— Attention ! Attention ! Ce message sera le dernier que j'adresserai : les Kortzuun du quartier général ont été anéantis. Privés de leurs chefs, les autres ne tarderont pas à être désemparés. Amis qui, comme moi, un jour, avez été intégrés contre votre gré sur cette île du passé, il faut fuir, gagner immédiatement, je dis bien immédiatement, le port et trouver refuge sur les navires qui s'y trouvent. C'est votre seule chance de salut ! Les Tritons sont pratiquement maîtres de la cité ; vous trouverez auprès d'eux aide et protection. Il vous procureront des armes pour couvrir votre fuite ; si vous deviez rencontrer des Kortzuun, abattez-les sans pitié !

Sur le pont du *Renaissance*, le commandant accourait, suivi par la totalité de l'équipage qui fut armé très rapidement. En remettant à chaque homme un pistolet ou une mitraillette, les Tritons leur en montraient le fonctionnement, extrêmement simple.

— Disposez également des hommes à tribord, commandant ! lança Helmuth. Il n'est pas exclu que les Kortzuun tentent de s'approcher avec des vedettes rapides ! Et dégagez toutes les parties découvertes du navire pour permettre aux Tritons de s'y matérialiser d'une minute à l'autre !

Débouchant des avenues menant aux quais, des hommes, des femmes, âgés pour la plupart, accouraient. Des couples beaucoup plus jeunes, aussi, accompagnés de leurs enfants. Tous convergeaient vers les navires à bord desquels des commandos tritons s'étaient déjà matérialisés pour couvrir l'embarquement des réfugiés.

Dans la lumière revenue des lampadaires éclairant les quais, Gilles et ses compagnons aperçurent un groupe de Kortzuun dont les combinaisons brillaient comme de l'aluminium.

— Feu à volonté ! hurla Helmuth.

Trop loin encore pour être atteints par les pistolets, ils furent arrosés par le dard fulgurant des mitraillettes, mais si la plupart tombèrent, certains parvinrent à riposter, au hasard, avant d'être abattus par un commando triton qui débouchait d'une artère voisine. Le tir maladroit des Kortzuun n'avait pu atteindre le *Renaissance* ; en revanche, une dizaine de réfugiés — hommes, femmes et enfants — avaient été fauchés et partiellement carbonisés !

Les marins du paquebot et leur « pacha », répartis le long des bastingages bâbord des ponts supérieurs, firent feu à diverses reprises sur les groupes de Kortzuun, visiblement désorganisés et qui voulaient gagner le navire. Ils ignoraient la nature exacte de la menace qui planait sur l'île, mais, alertés par le message du professeur Grant, ils entendaient ou du moins espéraient pouvoir s'enfuir avec ceux qu'ils avaient condamnés à vivre sous leur domination.

Les réfugiés affluaient en désordre, et les Tritons, maintenant de plus en plus nombreux à se matérialiser sur le port, avaient beaucoup de mal à canaliser leurs flots, soit vers le *Renaissance*, soit vers les autres bâtiments.

Helmuth, resté auprès du télévisionneur portatif, appela Gilles. Celui-ci le rejoignit, suivi par la jeune Américaine, le peintre et Régine Véran.

Sur le petit écran, le visage du vieux savant aparut, ruisselant de sueur et en proie à l'angoisse.

— Je vais lancer un dernier message, Helmuth, pour faire activer l'évacuation. J'en ai maintenant la certitude : nous ne disposons plus que d'un laps de temps chiffrable en minutes ! Tous, hélas ! ne pourront être sauvés...

Il hurla ses dernières consignes dans le micro d'ordre et, la voix sourde, essouflé, il enchaîna :

— Helmuth, faites immédiatement monter les Tritons !

Sur un signe du Végan, Floutard s'empara du mégaphone du commandant et courut vers le bastingage pour lancer l'ordre général d'embarquement. Dans la seconde même, les Tritons se matérialisèrent sur les divers ponts.

Voyant entrer dans son champ visuel le visage du journaliste, le professeur Grant murmura avec tristesse :

— Vous aviez soupçonné la vérité, monsieur Novak...

Le vieillard avança la main vers une commande et la serra entre ses doigts, prêt à l'actionner, avant de poursuivre :

— Ce n'est point l'isolement de l'île qui va se produire, mais sa dislocation, son engloutissement ! Notre continuum stasique « glisse » de plus en plus vite vers le point Omega : celui où le présent de l'île coïncidera avec la minute même où, dans *votre* passé, un cataclysme détruisit l'Atlantide ! Ces anomalies gravitationnelles, les altérations des tenseurs spatio-temporels et leur décalage enregistrés depuis deux jours en étaient les signes avant-coureurs. Kortzreisen, ce dément, croyait avoir isolé l'île de son environnement et l'avoir bloquée dans une stase neutre, à l'abri du cataclysme dont la date exacte nous était inconnue !

Il jeta un regard éperdu à ses écrans de contrôle, invisibles pour ses interlocuteurs et ajouta d'une voix angoissée :

— Adieu, mes amis ! Adieu, mon cher Helmuth ! Dans quelques secondes, la formidable catastrophe géologique qui modifia l'aspect des côtes de certains continents va se produire. Tenez-vous prêts : l'hyperchamp de l'intégrateur rayonne à son intensité maximum... Adieu !

Ils le virent ébaucher le geste d'abaisser la commande et l'image disparut de l'écran. Subitement pris de vertige, ils titubèrent tandis que, sans transition, ils passaient de la nuit au grand jour et fermaient les yeux, éblouis par un éclatant soleil !

Le *Renaissance* venait de reparaître dans le continuum qu'il avait quitté seulement depuis quarante-huit heures.

A l'horizon, vers l'ouest, se découpaient les côtes des Bahamas.

A bâbord comme à tribord s'étaient également matérialisés d'innombrables bâtiments, de tous tonnages et de tous types, arrachés à l'épouvantable catastrophe qui, un instant plus tôt — un « instant » en fait situé dans un lointain passé — avait englouti *Kortzland II* et ses sinistres créateurs. Mais, combien de Tritons et de réfugiés n'avaient pas eu le temps de gagner les navires et avaient péri dans ce déchaînement des forces de la nature ?

Le ciel s'était empli du bruit des avions qui, décollant de l'île à point nommé se trouvaient eux aussi projetés dans leur continuum d'origine.

Helmuth, Patricia et ses parents étaient porfondément émus : leurs plans avaient réussi, mais cette victoire, ils la devaient surtout à l'admirable abnégation, au sacrifice du professeur Grant.

Tout à la joie de se retrouver sains et saufs, les deux journalistes et le peintre oubliaient un peu, sur le moment, l'héroïsme de ce savant qui avait su donner sa vie pour que ce miraculeux sauvetage puisse avoir lieu.

En contemplant cette armada de navires et d'avions qui mettaient le cap vers l'archipel des Bahamas ou la Floride, Charles Floutard s'écria en portant la main à son front :

— Oh ! Bonne Mère ! Quelle pagaille en

perspective pour les aérodromes et les autorités portuaires !

Une sorte de cri d'Indien qui mourut sur une fausse note — assez lamentable ! — leur fit tourner la tête : le vieux M. Dupont, une mitraillette sous le bras, arrivait en courant.

— Ah ! mes amis, quelle aventure ! Nous avons réussi ! Nous sommes chez « nous » !

Avisant le commandant du *Renaissance,* il ajouta, très content de lui :

— Deux ! J'en ai descendu deux, de ces bandits !

Floutard lui ôta prudemment son arme des mains.

— Eh ! là ! grand-père, c'est fini, maintenant ! Cessez de gesticuler comme ça, sinon, vous allez faire une hécatombe !

Gilles et Patricia considéraient le petit monsieur chauve avec sympathie.

— Bravo, monsieur Dupont, vous vous êtes conduit en héros, affirma Gilles en s'efforçant de conserver son sérieux. Je vous soupçonne même de vouloir participer aux futures opérations de nettoyage que nos amis tritons vont entreprendre prochainement pour détruire la base sous-marine de *Kortzland I.*

Le vieux monsieur fit une grimace peu enthousiaste.

— Heu !... Tout compte fait, je ne crois pas. Je laisserai cet exploit aux jeunes...

Et, à l'adresse du commandant, il confia honnêtement :

— Finalement, je n'ai qu'à me louer de la

Compagnie et de la conduite de votre équipage... Ah ! Ce fut une belle bagarre ! Vous pensez, moi qui fus réformé et ne fis même pas mon service militaire !

Et revenant à Gilles, il jubila :

— Tenez, monsieur Novak, si vous organisiez une nouvelle croisière, faites-moi signe, je serai des vôtres !

FIN

ACHEVÉ   D'IMPRIMER
SUR   LES   PRESSES
DE   L'IMPRIMERIE   FOUCAULT
126, AVENUE DE FONTAINEBLEAU
94270   -   LE KREMLIN-BICÊTRE

DÉPOT LÉGAL : 4ᵉ TRIMESTRE 1977

IMPRIMÉ   EN   FRANCE